双葉文庫

はぐれ長屋の用心棒

仇討ち居合

鳥羽亮

目次

この作品は双葉文庫のために書き下ろされました。

仇討ち居合　はぐれ長屋の用心棒

第一章　男勝り

一

イヤアッ！

菅井紋太夫《すがいもんだゆう》は、鋭い気合を発して抜き付けた。

シャッ、という刀身の鞘走《さやばし》る音がし、閃光《せんこう》がはしった。菅井が居合の抜き付けの一刀をはなったのである。

近くを通りかかった人々は、ギョッとしたように立ち竦《すく》み、何事かと振り返ると、そこに抜き身を手にした菅井が立っていた。

菅井が手にしているのは、三尺はあろうかという長刀だった。白鉢巻きに白《しろ》襷《だすき》。袴の股だちをとり、高下駄をはいていた。

菅井の姿を目にした人々は何事かと、菅井のそばに集まってくる。そうやって、菅井は観客を集めていたのだ。

菅井が観せようとしているのは、居合の大道芸だが、口上を述べたり、長刀を抜いて観せて、歯磨や軟膏《なんこう》を売り付けるのではない。菅井の居合は本物だった。田宮流《たみやりゅう》居合の達人だったのである。

菅井が立っているのは、両国広小路《ひろこうじ》、江戸でも有数の盛り場である。様々な身分の老若男女が行き交っていた。通り沿いには、床店や芝居小屋などが並び、物売りの声、話し声、子供の泣き声、馬の嘶《いなな》きなどの喧騒につつまれている。

「さあ、次はだれだ！　十文が、二十文になるのだぞ」

菅井はそう声を張り上げ、傍らに置いてあった三方《さんぼう》を手にした。三方の上には、二寸ほどに切断された竹片が積んである。

「この竹片を、おれに向かって投げてみろ。おれが、その竹を居合で斬り落としてみせる。……この竹、ひとつ十文だ。おれが斬り損じ、竹がおれの体に当たったら、二十文進呈しよう。十文が、倍の二十文になるのだぞ。どうだ、だれかやってみる者はおらぬか」

菅井は大声を上げ、集まった見物人に目をやった。

すると、見物人のなかからひとりの女が進み出た。若い娘である。目をつり上げ、菅井を睨《にら》むように見すえている。まだ、十二、三ではあるまいか。武家の娘らしい。着物の裾を帯に挟み、白足袋《たび》に草鞋《わらじ》履きである。笠や息杖《いきづえ》は持っていなかったが、旅装束のようにも見える。

見物人のなかから、どよめきが起こった。うら若い娘が、菅井の居合に挑戦しようというのである。

「お、お嬢さま、このような場所で……」

初老の武士が娘を引き止めようとして出てきたが、娘はきつい顔をして菅井の前に立った。武士は娘の従者らしい。

……この娘、何か子細があるようだ。

と、菅井は思った。

菅井は娘が見物人のなかにいたのを知っていた。さっきから、娘は菅井を睨むように見すえていたのだ。その顔には、真剣勝負に挑むような必死さがあった。

娘は握りしめた右手を前に出し、

「その竹を三つ」

と言って、掌《て》をひらいた。三十文あるようだ。

「女でもかまわんが、これを投げられるのか」

菅井が竹片の載った三方を手にしたまま訊《き》いた。

「そなたの居合が本物かどうか、試すのだ」

娘はきつい顔をしたまま言った。

娘は竹片をひとつではなく、三つ求めている。三つあれば、連続して投げることができる。居合は抜刀術なので、抜き付けの一刀には威力がある。だが、二つ目、三つ目の竹片は、抜いたまま斬らねばならない。娘は菅井が抜いた後の腕のほども試そうとしているようだ。

「それなら、やってみろ」

菅井は娘から三十文、受け取り、竹片を三つ手渡した。

娘は受け取った竹片を、ひとつひとつ手にして握り具合をみた後、右手にひとつ、左手にふたつ持った。やはり、三つの竹片を連続して投げるようだ。

菅井は娘から五間ほどの間合をとって対峙《たいじ》した。左手で腰に帯びた刀の鯉口《こいぐち》を切り、右手を柄《つか》に添えて、腰を沈めて居合腰にとった。居合の抜刀体勢である。

娘は竹片を手にして、身構えていた。目がつり上がり、真剣勝負のような必死さがある。

その光景は異様だった。居合の見世物をしている大道芸人と若い武士の娘が、真剣勝負さながらに対決しているのだ。

ざわついていた見物人たちは水を打ったように静まり、どの目も娘と菅井にそそがれていた。見物人たちも、これまでの見世物や戯《たわむ》れの腕試しとは異なる真剣勝負を見るような緊張と高揚を覚えているようだ。

……この娘、武芸の心得がある。

と、菅井はみてとった。

娘はひどく緊張していたが、竹片を投げようとしている身構えに隙がなかった。腰も据わっている。

エイッ！

娘が甲走《かんばし》った気合を発し、右手に持った竹片を投げた。

菅井の全身に抜刀の気がはしり、わずかに腰が沈んだ瞬間、キラッ、と刀身がひかり、戛《かつ》、と乾いた音がして竹片がふたつになって虚空に飛んだ。

エイッ！　エイッ！

娘はつづけて気合を発し、左手に持っていた竹片を右手に持ち替えざま、連続して投げた。

オオッ！

と気合を発し、菅井が抜き付けの一刀から返す刀で、二つ目の竹片を斬り落としたが、三つ目が菅井の腹の辺りに当たった。

「しまった！」

菅井は声を上げ、「女と侮《あなど》って、油断してしまった」と言いながら、近くに置いてあった笊《ざる》から二十文取り出した。

これは、菅井のいつもの手だった。菅井はその気になれば、娘が放った竹片をすべて斬り落とせたが、わざとひとつ当たったのである。

菅井は竹片を三つ、四つとまとめて買って挑む者には、ひとつだけ当たってやることにしていたのだ。つまり、三十文か四十文を受け取り、二十文だけ返してやるのである。

竹片を全部斬り落とすと、投げた者は見物人のなかで面目《めんぼく》を失い、二度と竹片を投げてみようという気はなくなる。それに、見物人たちも、おれもやってみようと思わなくなるのだ。ひとつ当たってやることで、居合抜きの見世物をつづけていくことができるのである。

「娘御、みごとな腕だな」

菅井が娘に二十文を渡そうとすると、

「いらぬ」

と言った後、「そなたの居合、本物だ。それなら、ひとも斬れよう」と小声で言い添えて踵《きびす》を返した。

娘と初老の武士は、取り囲んだ人垣を分けるようにして去っていく。

菅井はふたりの後ろ姿を目にしながら、

……あの娘、おれの居合の腕を試したようだ。

と、胸の内でつぶやいた。

二

夕陽が西の家並のむこうに沈みかけていた。まだ、両国広小路は人々が行き交っていたが、菅井を取り巻いていた見物人の姿はなかった。

菅井は、帰り支度を始めていた。今日の見世物はこれで終わりである。

……今日は、いい稼ぎになった。

菅井は、胸の内でほくそ笑んだ。

銭を入れた笊は、ずっしりと重かった。用意した竹片も、残っているのはわずかである。

菅井は稼いだ銭を用意した巾着《きんちゃく》に入れ、三方、高下駄、残った竹片などといっしょに風呂敷につつんだ。

菅井は風呂敷を背負い、大川にかかる両国橋を渡った。菅井の家は、本所相生《あいおい》町《ちょう》にある棟割り長屋の伝兵衛店《でんべえだな》である。

両国橋を渡り、東の橋詰に出たとき、暮れ六ツ（午後六時）の鐘が鳴った。菅井は人通りの多い東の橋詰を経て、竪川《たてかわ》沿いの道に出た。すると、急に人影がすくなくなり、辺りが暗くなったように感じられた。道沿いの店の多くが、表戸をしめている。

前方に竪川にかかる一ツ目橋が見えてきた。菅井の住む伝兵衛店のある相生町一丁目は、一ツ目橋のたもとの先にある。

……今日は、一杯やっていくかな。

菅井は薄笑いを浮かべながら言った。

菅井は長屋の独り暮らしだった。家に帰っても、待っている者はいない。それに、今日は懐が暖かったのだ。

菅井はひとりニヤニヤしながら竪川沿いの道を歩いた。人影はすくなく、淡い夕闇のなかに菅井のにやついた顔が浮かび上がっている。

菅井は総髪で長い髪が肩まで伸びていた。面長で目が細く、顎《あご》がとがっている。いつも陰気な顔をし、まるで貧乏神か死に神のようだった。その顔がニヤニヤしているのだから、よけい不気味である。

菅井が、一ツ目橋のたもとまで来たとき、ふいに川岸の柳の陰から人影が飛び出してきた。ふたり——。ひとりは、女だった。もうひとりは、武士である。

「お、おまえは！」

思わず、菅井は声を上げた。

両国広小路で居合の見世物をしていたとき、挑んできた娘である。もうひとりは、娘といっしょにいた初老の武士だった。

娘は両袖を襷で絞り、白鉢巻き姿だった。懐剣を手にしている。武士も袴の股だちを取り、襷掛けだった。

娘は菅井の前に立つと、

「父の敵！」

と、叫んだ。ひき攣《つ》ったような顔をし、目をつり上げている。必死の形相である。

「そ、それがし、きよさまに助太刀いたす」

初老の武士が、声をつまらせて言った。刀の柄を握りしめた手が震えている。

娘の名はきよらしい。

「ま、待て！　人違いだ。おれは、敵呼ばわりされる覚えはないぞ」

菅井は後じさりながら言った。

「そなたは、父の敵に相違ない。その顔付きと、居合の腕が何よりの証拠！」

きよが、甲走《かんばし》った声で叫んだ。

「おれの顔が、敵に似ているのか」

菅井はとがった顎に手をやりながら言った。

「そうだ。父の敵は、面長で総髪と聞いている」

きよは、懐剣を手にしたまま菅井に迫ってきた。

「待て！　人違いだ」

菅井は、慌てて後じさった。

「まだ、言い逃れするか」

「おれは、おまえの親を斬った覚えはない」

「見苦しいぞ」

きよは、父の敵！　と叫びざま踏み込んでくると、いきなり懐剣で斬りつけてきた。娘とは思えない果敢な攻撃である。

咄嗟《とっさ》に、菅井は手にした風呂敷包みを投げつけて脇に逃げた。風呂敷包みは、きよの胸の辺りに当たって足元に落ちた。

きよは菅井の前に立ち、

「逃げるか！　卑怯者《ひきょうもの》」

と、ひき攣ったような声を上げた。

そのとき、通りのあちこちから「敵討ちだぞ！」「女だ！」などという声が聞こえた。通りかかった者が、きよと菅井のやり取りを耳にして集まったらしい。

その人だかりのなかから、

「菅井の旦那だ！」

「女に、殺されるぞ」

男の声がし、ふたりの男が菅井のそばに走ってきた。

伝兵衛店に住む茂次《しげじ》と三太郎《さんたろう》だった。ふたりは仕事帰りに通りかかり、菅井が娘と初老の武士に斬られそうになっているのを目にしたのだ。

菅井は茂次と三太郎の声を聞くと、

「人違いだ！　この娘が、おれを敵と間違えて」

と、大声で言った。

「菅井の旦那を助けろ！」

「石を拾って投げ付けるんだ」

茂次と三太郎は足元の小石を拾うと、きよと初老の武士を目掛けて投げ付けた。

これを見て集まった者たちのなかにも、石を拾って投げ付ける男がいた。ただ、娘にも菅井にも当たらないように足元を狙って投げていた。まだ、十二、三歳と思われる娘が、必死になって牢人体の男に挑んでいる姿を目にし、やはり礫《つぶて》を当てる気にはなれないのだろう。

「おのれ！　邪魔するか」

きよは振り返り、手にした懐剣を振り上げ、集まった男たちを睨みつけた。何とも気性の激しい娘である。

ワッ、と声を上げ、その場から逃げた者もいたが、茂次と三太郎はさらに小石を拾って投げ付けた。

「き、きよさま、この場は身を引きましょう」

初老の武士が、声を震わせて言った。

きよは悔しそうに顔をしかめ、

「この場は引くが、逃がしはせぬぞ！」

そう言い置き、踵を返すと、懐剣を手にしたまま走りだした。初老の武士も、きよの後を追った。

茂次と三太郎は菅井のそばに走り寄ると、

「旦那、どうしたんです」

と、茂次が訊いた。三太郎も、驚いたような顔をして菅井に目をやっている。

「ひ、人違いだ。あの娘、おれを敵と間違えたらしい」

菅井が、遠ざかっていく娘と武士の後ろ姿に目をやりながら言った。

三

雨だった。軒先から落ちる雨垂れの音が、絶え間なく聞こえている。

「雨か……」

華町源九郎《はなまちげんくろう》は夜具から身を起こし、両手を突き上げて伸びをした。もうすこし寝ていようかと思ったのだが、腹が減っていたので起きだしたのだ。

源九郎は寝間着から小袖に着替えると、欠伸《あくび》をしながら土間に下りた。流し場で、顔を洗うつもりだった。

源九郎は還暦に近い老齢だった。髷《まげ》や鬢《びん》は白髪交じりで、月代《さかやき》や無精髭が伸びていた。丸顔で、すこし垂れ目。茫洋《ぼうよう》として締まりのない顔付きである。

源九郎は長屋の独り暮らしということもあって、あまり身装《みなり》には構わなかった。小袖には継ぎ当てがあり、襟は垢《あか》で黒光りしている。何ともうらぶれた恰好《かっこう》の年寄りだが、体付きだけは頑強そうだった。

背丈は五尺七寸ほどあり、胸が厚く手足は太かった。腰がどっしりと据わっている。若いころ、剣術の修行で鍛えた体なのだ。

源九郎は鏡新明智流《きょうしんめいちりゅう》の遣い手だった。少年のころから、南八丁堀大富町《おおとみちょう》の蜊《あさり》河岸にあった剣術道場、士学館《しがくかん》に通ったのである。士学館は鏡新明智流の達人、桃井春蔵《もものいしゅんぞう》の道場で、北辰一刀流《ほくしんいっとうりゅう》、千葉周作《ちばしゅうさく》の玄武館《げんぶかん》、斎藤弥九郎《さいとうやくろう》の神道無念《しんとうむねん》流《りゅう》、練兵館《れんぺいかん》と並び、江戸の三大道場と謳《うた》われた名門である。

源九郎は士学館で熱心に稽古を積み、二十歳のころには士学館の俊英と目されるほどの腕になった。そのころの源九郎には、剣で身をたてたいとの思いがあったが、御家人だった父が病で倒れたために家を継ぎ、剣で身をたてることを諦めたのだ。その後、月日が流れ、いまは貧乏長屋の独り暮らしである。

華町家は五十石の御家人だが、倅《せがれ》の俊之介《しゅんのすけ》が家を継いでいる。ちょうど、俊之介が嫁をもらって家を継いだころ、源九郎の妻が病死した。源九郎は狭い家のなかで倅夫婦に気兼ねして暮らすのが嫌で、家を出て長屋の独り暮らしを始めたのだ。

源九郎は家からの合力があったが、それだけでは足りず、傘張りの仕事をして何とか暮らしている。

源九郎は流し場で顔を洗った。

……さて、どうしたものか。

腹は減っていたが、これからめしを炊くのは面倒だった。それに、源九郎の胸の内には、「今日は、朝から雨だ。菅井が顔を出すにちがいない」との思いがあった。

源九郎は、柄杓《ひしゃく》で水甕《みずがめ》の水を汲んで飲んだ。水を飲んで、空腹を我慢しようと思ったのである。

源九郎が座敷に腰を下ろしていっときすると、ピシャ、ピシャ、と雨のなかを歩く足音がした。

……来た！

菅井の足音である。

足音は腰高障子のむこうでとまった。戸口で下駄の泥を落とす音が聞こえた後、障子があいて菅井が顔を出した。

「華町、いたな」

菅井は大きな風呂敷包みを持っていた。いつものように、飯櫃《めしびつ》がつつんであるらしい。

源九郎は菅井が濡れた傘を土間の隅に置くのを待ってから、

「朝から、どうした」

と、訊いた。菅井が何しに来たか分かっていたが、あえてそう訊いたのである。

「雨が降れば、将棋だ。分かっているだろうが」

菅井は、風呂敷包みを抱えて座敷に上がってきた。

菅井は無類の将棋好きだった。雨が降ると、生業《なりわい》にしている居合抜きの見世物に出られない。それで、雨の日は決まって源九郎のところに将棋を指しにやってくる。ただ、将棋の腕はそれほどでもない。下手の横好きといっていいだろう。

「何だ、その風呂敷包みは」

源九郎が訊いた。

「握りめしだ。華町、朝めしは食ったのか」

そう言って、菅井は源九郎の前にどかりと腰を下ろした。

「い、いや、まだだ」

「今朝な、めしを炊いて握りめしを作ったのだ。華町のことだ。どうせ、水でも飲んで我慢してるだろうと思ってな、持ってきたのだ」

菅井は源九郎とちがって几帳面《きちようめん》なところがあった。億劫《おつくう》がらずに、朝めしも自分で炊くのである。

「そ、そうか」

源九郎は、内心ほくそ笑んだ。思ったとおり、菅井は朝めし持参で将棋を指しにきたのだ。

「握りめしを食いながら、将棋を指そうと思ってな。……華町、嫌か」

菅井は風呂敷包みを解いた。風呂敷包みには、飯櫃と将棋盤が包んであった。

「嫌なものか。こんな日は、将棋にかぎるからな」

「今日は、じっくり将棋が指せるな」

菅井はにんまりして、飯櫃の蓋《ふた》をとった。

握りめしが六こ、小皿に薄く切ったたくわんまで入っていた。ふたり分を用意してくれたようだ。

「うまそうだな」

さっそく、源九郎が手を伸ばそうとすると、

「駒を並べるのが先だぞ」

菅井は懐から将棋の駒の入った小箱を取り出し、将棋盤の上に置いた。

源九郎は駒を並べると、さっそく飯櫃に手を伸ばした。

「さァ、やるぞ」

菅井が声を上げ、将棋盤に目をやった。

「いただくぞ」

源九郎は、握りめしを頰ばった。

ふたりで握りめしを頰ばりながら、小半刻（三十分）指したときだった。腰高障子があいて、茂次が顔を出した。

「おっ、やってやすね」

茂次は、勝手に座敷に上がってきて、将棋盤を覗《のぞ》き込んだ。

「茂次、おまえの分まで握りめしは用意してないぞ」

菅井が将棋盤を見つめながら言った。

「朝めしは、食ってきやした。お梅《うめ》が朝早く起きて、めしを炊いてくれやしてね」

茂次がニヤニヤしながら言った。お梅は、茂次の女房だった。まだ、子供はなく、夫婦ふたりで暮らしている。

茂次は研師《とぎし》だった。若いころ、名のある研屋に弟子入りしたのだが、師匠と喧嘩して飛び出し、いまは、裏路地や長屋などをまわり、包丁、鋏《はさみ》、剃刀《かみそり》などを研いだり、鋸《のこぎり》の目立てなどをして暮らしていた。茂次も、菅井と同じように雨が降ると仕事に出られないのである。

源九郎たちの住む伝兵衛店は、界隈《かいわい》ではぐれ長屋と呼ばれていた。食いつめ牢人、大道芸人、その日暮らしの日傭取《ひようと》り、その道から挫折した職人など、はぐれ者が多く住んでいたからである。源九郎、菅井、茂次の三人も、はぐれ者だった。

「ところで、菅井の旦那、敵討ちはどうなりやした」

茂次が訊いた。

「知らん」

菅井は、将棋盤を睨むように見すえている。

「わしも、聞いたぞ。菅井は、武家の娘に敵として狙われたそうだな」

「人違いだ」

菅井は、将棋盤から目を離さない。

「菅井の旦那、その後、何にもねえんですかい」

「ない」

菅井が仏頂面《ぶっちょうづら》して言った。

四

雨音のなかに、また戸口に近寄って来る足音が聞こえた。足音は腰高障子の向こうでとまり、

「菅井の旦那は、いやすか」

と、男のしゃがれ声が聞こえた。

長屋に住む孫六《まごろく》である。孫六は、すでに還暦を過ぎた年寄りだった。元は番場《ばんば》町《ちょう》の親分と呼ばれた腕利きの岡っ引きだったが、十年ほど前に中風を患い、左足

がすこし不自由になって隠居したのだ。いまは、長屋に住む娘夫婦の世話になっている。孫六も、はぐれ者のひとりである。

「いるぞ」

源九郎が応えた。

腰高障子があいて、孫六が土間に入ってきた。

「ヘッヘヘ……。やってやすね。雨が降れば、ここにいるとみやしてね。来てみたんでさァ」

孫六が薄笑いを浮かべて言った。

「とっつァん、遠慮はいらねえ。上がってくんな」

源九郎の代わりに、茂次が声をかけた。

「それじゃァ。遠慮なく」

孫六は座敷に上がってきて、茂次の脇に座った。

「孫六も、暇そうだな」

源九郎が言った。

「あっしは、暇じゃァねえんで……。ちょいと、気になることがありやしてね。菅井の旦那が、知っているかどうか」

孫六が上目遣いに菅井に目をやって言った。

「何だ、気になるとは」

菅井は将棋盤から目を離さずに訊いた。

「菅井の旦那は一ツ目橋のたもとで、若い娘に敵と間違われて刀をむけられたと茂次から聞きやしたが、そうですかい」

孫六が低い声で言った。その声に、腕利きだった岡っ引きのころを思わせるひびきがあった。

「ああ……」

菅井は気のない返事をして、銀を角の前に打った。顔はけわしかった。将棋の形勢は、源九郎にかたむいていたのだ。

「昨日、お熊《くま》とおまつから聞いたんですがね。十二、三の娘とふたりの二本差しが、長屋の前の通りで、菅井の旦那のことを聞きまわってたそうですぜ」

「うむ……」

菅井は将棋盤を睨むように見すえたまま口をへの字に引き結んで、黙考している。角を捨てて、王を逃がすか考えているようだ。

「娘たちは、何を訊いていたのだ」

源九郎が菅井に代わって訊いた。

「菅井の旦那の居合のことや家族のことだそうで」

「どうやら、敵と狙っている娘が、菅井のことを探っているようだな」

源九郎がそう言ったときだった。

また、戸口に近付いてくる足音がした。今度はふたり――。下駄の音である。

「おい、だれか来るぞ」

茂次が小声で言った。

下駄の音は、腰高障子のむこうでとまり、

「華町の旦那、菅井の旦那はここですか」

と、聞き慣れた女の声がした。

いま、話に出たお熊である。お熊は源九郎の家の斜《はす》向かいに住む助造《すけぞう》という日傭取りの女房だった。すでに四十を過ぎているが、子供はなく亭主とふたり暮らしだった。でっぷり太っていて、色気も洒落《しやれ》っ気《け》もない女である。

「いるぞ」

源九郎が声をかけると、腰高障子があいてお熊とおまつが入ってきた。おまつは、お熊の隣に住む辰次《たつじ》という男の女房である。

「あれ、まァ、こんなに大勢」

お熊が驚いたような顔をして言った。おまつも、土間につっ立ったまま座敷に集まっている男たちに目をやっている。

そのとき、ふいに菅井が顔を上げ、

「おい、華町！」

と、声を大きくして言った。

「なんだ」

「これでは、うるさくて将棋に身が入らぬ。このままいけば、勝てるところだったのに、なんということだ」

菅井はそう言うと、いきなり将棋盤に並べてあった駒を掻《か》き混ぜてしまった。

源九郎は苦笑いを浮かべ、

……あと、何手かでつんだのにな。

と、胸の内でつぶやいた。このままいけば、何手かで菅井をつませることができたはずなのだ。

源九郎は何も言わず、駒を片付け始めた。源九郎も、これでは将棋は指せない、と思ったのである。

「お熊、何かあったのか」

源九郎が訊いた。

菅井、茂次、孫六の三人も、体を戸口にむけてお熊とおまつに目をやっている。

「な、何も、ないけど、何かあってからでは遅いだろう。菅井の旦那の耳に入れておこうと思ってね」

お熊が声をつまらせて言った。さすがに、お熊も男たちに見つめられて、慌てたらしい。

「お熊、話してくれ」

源九郎が言った。

「あたしと、おまつさんは、路地木戸の近くで、お侍に菅井の旦那のことを訊かれたんですよ」

お熊につづいて、脇に立っているおまつが、「そうだよ」と言ってうなずいた。

「そのことは、おれも聞いてるぜ」

孫六が口をはさんだ。

「あたしね、孫六さんには言わなかったけど、気になることがあって」

おまつが、眉《まゆ》を寄せて言った。

「何が気になるんだ」

菅井が、おまつに目をやった。

「いっしょにいた若いお侍がね、もうひとりのお侍に、いっそのこと長屋に踏み込んで、菅井という男を討ち取ってしまったらどうだ、と小声で言ったんだよ」

おまつが言うと、お熊がすぐに後をとってしゃべり出した。

「あたしはね、早く菅井の旦那に知らせておいた方がいいと思ったんだよ。菅井の旦那がいくら強くたって、寝込みを襲われたらどうにもならないだろう。それで、おまつさんとふたりで、知らせにきたんだ」

「そうだよ、寝込みを襲われたら、どうするんだい」

おまつが、言い添えた。

「ううむ……」

菅井は口を引き結んで顔をしかめた。般若《はんにゃ》のような顔がゆがんで、よけい不気味な顔になった。

五

暮れ六ツ（午後六時）を過ぎていた。源九郎はめしを炊こうと思い、竈《へっつい》の前にかがんで火を焚《た》き付けていると、戸口に走り寄る足音がした。

足音は戸口でとまり、

「旦那、いやすか！」

茂次の声がし、いきなり腰高障子があいた。

「大変だ！　長屋に押し込んできやがった」

茂次が、源九郎の顔を見るなり叫んだ。茂次はこわばった顔をし、戸口で足踏みしている。

「だれが、押し込んできたのだ」

源九郎は火吹き竹を手にしたまま立ち上がった。

「女の敵討ちでさァ！　四人、いやす」

「菅井の家にむかったのか」

「そうで」

「行くぞ！」

源九郎は慌てて外へ飛び出そうとしたが、手にした火吹き竹を放り出し、座敷にあった大刀をつかんだ。

源九郎と茂次は、菅井の家に走った。長屋のいくつかの戸口に、人影があった。仕事を終えて帰ってきた亭主や女房たちが、長屋に踏み込んできた者たちに気付き、様子を見るために出てきたらしい。

途中、平太と会った。平太も源九郎たちの仲間だった。足が速く、すっ飛び平太と呼ばれている。平太《へいた》も、菅井のところに駆け付けるところだったらしい。平太につづいて、三太郎《さんたろう》と孫六もいっしょになった。

「戸口にいるぞ！」

茂次が走りながら言った。

見ると、淡い夕闇につつまれた菅井の家の戸口に、いくつもの人影があった。武士が三人、女がひとり——。まだ、菅井の姿はなかった。

菅井の家の戸口から離れたところに、長屋の住人たちが集まっていた。女子供の姿はすくなかった。仕事から帰った男たちが、異変に気付いて様子を見るために家から出てきたらしい。

「どいてくれ！」

茂次が、様子を見にきた男たちに声をかけた。

男たちは慌てて身を引き、源九郎たちを通した。そのとき、腰高障子があいて、菅井が戸口に出てきた。

「この男です！」

戸口にいた娘が、後じさりながらひき攣ったような声を上げた。まだ、少女らしさの残っている色白の娘である。きよという娘らしい。

きよのそばにいた三人の武士も後じさり、次々に刀を抜いた。三人の武士は、菅井を三方からとりまくように立って切っ先をむけた。三人の手にした白刃が、淡い夕闇のなかで銀《しろがねいろ》色にひかっている。

「待て、待て」

源九郎が声をかけ、戸口に駆け寄った。

茂次、孫六、三太郎、平太の四人は、きよと三人の武士の後ろに立つと、足元にあった小石を拾って身構えた。斬り合いが始まれば、石を投げて菅井と源九郎に加勢するつもりなのだ。

源九郎は菅井と並んで戸口に立ち、

「か、刀を引け！」

と、声を上げた。走ってきたため、息が乱れている。

きよと三人の武士は、突然目の前にあらわれた老齢の武士を目にし、驚いたような顔をした。

脇に立っている菅井まで、呆気《あつけ》にとられたような顔をして源九郎に目をむけている。

「ひ、人違いだ！　菅井は、おぬしたちが狙う敵ではない」

源九郎が喘《あえ》ぎながらつづけた。

「娘御、菅井が居合の遣い手であることは知っているな」

「知っている」

きよが、源九郎を見すえて言った。男のような物言いである。きよは、きつい顔をしていた。目がつり上がっている。

「娘御は、一ツ目橋の近くで、菅井を父の敵として討とうとしたそうだな」

「……」

きよは、無言のままうなずいた。

「そのとき、菅井は刀を抜いたのか」

「抜かなかった」

きよが戸惑うような顔をした。

「菅井が抜けば、娘御を斬れた。だが、抜かなかった。……そうだな、菅井」

源九郎が菅井に目をやって訊いた。

「まァ、そうだ」

「菅井は、娘御を斬ろうとしなかった。菅井がそなたの親を斬っていれば、敵を討ちにあらわれた娘御を斬っていたはずだぞ。……ちがうか」

「……！」

きよの顔に、狼狽《ろうばい》の色が浮いた。

菅井にむけられていた三人の武士の切っ先が、揺れている。源九郎の言うとおりだと思ったのだろう。

「娘御の父親が、斬られたのはいつのことだ」

源九郎が訊いた。

「一月《ひとつき》ほど前……」

きよが小声で言った。

「場所は」

「駿河台《するがだい》、神田川沿いの道で」

きよが口早に話したことによると、きよの父親は、ふたりの供を連れて歩いているとき、牢人体の武士に襲われ、居合で斬られたという。

「なぜ、居合と分かったのだ」

「それがし、殿の供をしていて、そやつが居合を遣ったのを目にしたのだ」

きよの脇にいた若い武士が、昂《たかぶ》った声で言った。

若い武士が殿と口にしたことから、斬殺されたきよの父は、旗本であることが知れた。通常、二百石以上の旗本は家士や奉公人などから殿と呼ばれている。

「おぬし、そやつを見ているのか」

源九郎が若い武士に訊いた。

「見た」

「ここにいる菅井だったのか」

源九郎が訊くと、若い武士はあらためて菅井に目をやり、

「暗がりで、はっきりしないが……。長い髪で、痩せた体付きが似ているような気がする」

と、首をひねりながら言った。

若い武士によると、きよの父親が斬られたとき、深い夕闇のなかだったので、

顔ははっきりしなかったという。

いきなり暗がりから三人の武士が飛び出し、きよの父親と家士のひとりを斬り、若い武士も背後から一太刀あびせられたが、浅手で済んだのだという。

そのとき、若い武士の話を聞いていた菅井が、

「おぬし、きよどのの父親が、居合で斬られたところを見たのか」

と、訊いた。菅井はきよという名を口にした。襲われたとき、耳にした名を覚えていたようだ。

「見ました」

若い武士の物言いが、すこし丁寧《ていねい》になった。きよの父親を斬ったのは、菅井ではないかもしれない、との思いが生じたせいだろう。

「きよどのの父親の傷は」

「殿は、肩口から胸にかけて袈裟《けさ》に斬られていました」

若い武士が言った。

「その傷からも、おれでないことがはっきりするな」

「どういうことです」

きよが訊いた。

「きよどの、両国広小路で、おれが居合で抜き付けたのを見たはずだぞ。おれの居合は、逆袈裟に抜き上げる。おれの居合で斬られたのなら、肩から胸にかけての傷は残らぬはずだ」

「……！」

きよが、ハッとしたような顔をした。その顔から血の気が引き、体が顫《ふる》えだした。

きよは瞠目《どうもく》したまま身を顫わせていたが、「お許しください！」と声を上げ、その場に膝を折ると、

「人違いでございます。菅井さまは、父の敵ではございません」

そう言って、深々と頭を下げた。

すると、脇にいた三人の武士も、地面に膝を折って低頭した。

「い、いや、分かればそれでいい。……腰を上げてくれ。おれまで、立っていられなくなるではないか」

菅井が困惑したような顔をして言った。

六

行灯《あんどん》の明かりのなかに、六人の顔が浮かび上がっていた。菅井、源九郎、きよ、それに三人の武士である。

そこは、菅井の家だった。長屋の住人たちが集まってきたこともあって、菅井がきよたちを家に入れたのである。

源九郎といっしょに来た茂次たちは、それぞれ家にもどっていた。座敷は狭かったし、茂次たちまで話にくわわる必要はなかったのだ。

菅井と源九郎が名乗った後、きよたち四人も名乗った。

きよは殺された松崎弥右衛門《まつざきやえもん》の娘だという。松崎家は二百石の旗本で、殺されたときは御徒目付《おかちめつけ》組頭の職にあったそうだ。御徒目付組頭は、御目付の配下で御家人を監察糾弾する徒目付を支配する役柄である。

また、松崎家は殺された松崎、母のとね、長女のきよ、嫡男の長太郎《ちょうたろう》、次女のはまの五人家族だった。母のとねは病気がちで、長太郎はまだ六歳。次女のはまはさらに幼く、きよ以外の三人に敵討ちは無理だという。そうしたなか、きよは男勝りで、小太刀《こだち》の心得もあったことから、父の敵を討つと言い出したそうだ。

「しかし、敵討ちとなれば、公儀に申し出ねばならないのではないか」

源九郎が訊いた。

父親が殺されたからといって、勝手に敵討ちと称して相手を斬り殺すわけにはいかない。幕臣であれば、公儀に願い出て許しを得る必要がある。その際、嫡男がいれば、名義上、長太郎の名で願い出ることになるだろう。

「そのことは承知しておりますが、きよさまは、小太刀を身につけておられます。それで、剣の勝負という名目で、親を討たれた仇を晴らすつもりでおられるのです」

初老の武士、上林平兵衛《かんばやしへいべえ》が言った。上林は松崎家に長年仕える家士で、用人のような立場だという。

また、同行したふたりは上林家に仕える家士で、若い武士が山倉俊助《やまくらしゅんすけ》、もうひとりの三十がらみと思われる武士が、利根山恭介《とねやまきょうすけ》という名だった。

「それで、きよどのは菅井を父の敵と思い込み、立ち合いを挑んだのだな」

源九郎が言うと、

「はい、まことに申し訳ございません」

きよは、両手を畳について深々と頭を下げた。物言いが丁寧になった。声に女らしいひびきもある。

「頭を上げてくれ。人違いと分かれば、それでいいのだ」

菅井が、また困惑したような顔をした。

次に口をひらく者がなく、座敷が静寂につつまれたとき、

「菅井さまに、お聞きしたいことがございます」

きよが声をあらためて言った。

「なんだ」

「菅井さまは、父上を斬った居合の遣い手に、心当たりはございませんか」

きよが、身を乗り出すようにして訊いた。菅井のような居合の遣い手なら、居合の達者な敵のことを知っているのではないかと思ったようだ。

「そう言われてもな」

菅井は首をひねった。

すると、きよと菅井のやりとりを聞いていた山倉が、

「そやつは、長い髪で、痩せた体付きをしていました」

と、言い添えた。

「おれと似ているらしいが、思い当たる者はいないな。……そやつの居合は何流か分かるか」

菅井の居合は、田宮流だった。田宮流の祖は、田宮平兵衛《へいべえ》である。その田宮流居合の神髄を会得した荒巻彦十郎《あらまきひこじゅうろう》なる者が本所荒井町《あらいちょう》に道場をひらき、菅井はその荒巻道場で修行したのである。

「何流かは、分かりません」

山倉が言った。

「それでは、探りようもないな」

菅井が首を横に振った。

菅井ときよたちとの居合に関するやりとりが終わると、

「ところで、松崎どのはなぜ殺されたのだ。三人の武士に待ち伏せされて討たれたようだが、金目当てではないようだし……。何か心当たりは、おありかな」

源九郎が訊いた。

「これといった心当たりはございません」

きよが言うと、それまで黙っていた利根山が、

「実は、襲われる三日前、御目付の近藤《こんどう》さまのお屋敷から帰る途中、うろんな武

士に跡を尾《つ》けられたのです」

と、こわ張った顔で言った。

御目付の近藤谷左衛門《やざえもん》は、殺された松崎が仕えている直接の上役だという。なお、近藤家の屋敷は、水道橋近くにあるそうだ。

「うむ……」

源九郎は口にしなかったが、松崎は御徒目付組頭という任務上のことで暗殺されたのかもしれないと思った。

そのとき、きよが畳に両手を突き、

「菅井さま、お願いがございます」

と、菅井を見つめて言った。

「な、何かな」

菅井の声がつまった。きよに間近で見つめられたせいか、顔に狼狽の色が浮いた。菅井は、ちかごろ若い娘に見つめられたことなどなかったのである。

「わたしに、居合を指南してください」

きよが、真剣な顔をして言った。

「居合の指南だと」

「はい、このままでは、父の敵が何者か分かったとしても討つことはできません」

「うむ……」

菅井も、相手がどれほどの居合の遣い手か分からないが、きよの小太刀では太刀打ちできないだろう、と思った。

「どうか、わたしに居合を指南してください」

きよは、額が畳に付くほど低頭して言った。

「指南といわれても……」

一年や二年、居合の稽古をしても、それで相手を仕留めるほどの腕にはならないだろう。

菅井が困惑した顔で戸惑っていると、

「どうだ、しばらく手解《てほど》きしてやったら。……居合で敵を討つのは、むずかしいかもしれんが、相手の居合にどう立ち向かったらいいか、その手掛かりぐらいつかめるかもしれんぞ」

と、源九郎が助け船を出した。

「その程度なら」

菅井は仕方なしに承知した。

七

きよたちがはぐれ長屋に踏み込んできた三日後、菅井の家にきよ、上林、山倉の三人が姿を見せた。三人は菅井に居合の指南を受けることで来たらしい。

上林は家にいた菅井に、

「華町どのにも、お話ししたいことがあるのだが、お呼びしていただけようか」

と、小声で言った。どうやら、源九郎にも頼みたいことがあるらしい。

「待ってくれ。華町を、呼んでくる」

菅井は、すぐに源九郎の家にむかった。

それからいっときして、源九郎たち五人は、菅井の家の座敷に腰を落ち着けた。

「あらためて、きよさまに居合のご指南をしていただけるよう、お願いに上がったのですが」

上林がそう言うと、

「お願いいたします」

きよが、菅井に低頭した。

すると、きよの脇に控えていた山倉が、

「それがしも、ご指南を仰ぎたいのですが」

と、思いつめたような顔をして言った。

「きよどのといっしょにか」

菅井が訊いた。

「はい、それがし、一刀流《いっとうりゅう》の道場に通いましたが、居合の心得はまったくございません。きよさまといっしょに指南していただきたいのです」

そう言って、山倉が深々と頭を下げた。

山倉はまだ若かったが、剣の修行を積んだらしく立ち居にも隙がなく、腰も据わっていた。

「ふたりでも、構わないが……。そうだ、おれの方からも、きよどのに話したいことがあるのだがな」

菅井が言った。

「何でしょうか」

「せっかくだ。居合だけでなく、剣術の稽古もやってみないか。……ここにいる華町だがな、江戸でも名の知れた鏡新明智流の遣い手なのだ」

「まァ、そうですか」

きよが驚いたような顔をして源九郎を見た。うらぶれた年寄りが、剣の遣い手などとは思ってもみなかったのだろう。

「お、おい、おれは遣い手ではないぞ」

源九郎が声をつまらせて言った。顔が赭黒《あかぐろ》く染まっている。

「華町さま、剣術のご指南をお願いできるでしょうか」

きよが、源九郎に膝をむけて言うと、

「それがしにも、ご指南を」

と、山倉が身を乗り出して言い添えた。

「まァ、いいだろう」

源九郎は、どうせ暇なのだ、菅井の指南を見にいったついでに、稽古の真似事でもすればいい、と胸の内でつぶやいた。

剣術の指南の話が一段落したとき、

「それがしからも、おふたりに、お頼みしたいことがございます」

と、上林が言った。

「なんだ」

源九郎は、三人揃って、やけに頼みごとが多い、と思った。

「実は華町さまたちのお噂を耳にし、お力添えをいただきたいと思ったのです」

上林はさらに話をつづけた。

「華町さまたちが、これまでも多くの困っている方たちを助けてきた、との噂を耳にしたのです。それで、きよさまにも、お力添えをいただきたいのですが」

「うむ……」

どうやら、上林は源九郎だけでなく、長屋の仲間たちにも頼みたいようである。

本所界隈では、源九郎たちの仲間をはぐれ長屋の用心棒などと呼ぶ者がいた。これまで、源九郎たちは、長屋で起こった事件だけでなく、ならず者に強請《ゆす》られた商家を助けたり、勾引《かどわ》かされた娘たちを助け出したりしてきた。そして、事件に応じて依頼金や礼金などを貰《もら》ってきた。人助けと用心棒をかねたような仕事をして得た金を、暮らしの足しにしてきたのである。

「わしらにできることがあるかな」

源九郎があらためて訊いた。

「ございます」

「話してくれ」

「きよさまに剣術の指南をしていただくだけでなく、殿を何者が何のために暗殺したのか、それを探ってほしいのです。……殿を襲った三人の裏に、暗殺を指図した者がいるような気がしてならないのです」

上林の顔に、思い詰めたような表情があった。声にも、昂ったひびきがある。用人として長く松崎家に仕えている上林は、残された松崎家の者たちに身内のような思いを抱いているのかもしれない。

「うむ……」

源九郎も上林と同じことを思っていたが、口にはしなかった。

「ですから、きよさまが殿を手にかけた者を討ったとしても、それだけで終わったのでは、本当の敵を討ったことにならないような気がします」

上林が言うと、黙って聞いていたきよが、

「わたしも、そう思います」

と、目をつり上げて言った。

脇に座している山倉も、けわしい顔をしてうなずいた。

「わしらに、きよどのの父親を斬った居合の遣い手の裏にいる者をつきとめてほしいというのか」

源九郎が低い声で言った。

容易なことではない。松崎を襲った三人をつきとめて敵を討つことさえ難しいのに、その背後にいる者をつきとめて始末をつけるとなると、貧乏長屋に住むはぐれ者たちの手には負えないだろう。

「お、お願いいたします。ただ、殿を襲った三人を討っただけでは、きよさまの無念は晴らせないと思うのです。むしろ、殿を暗殺した張本人は、殿を襲った三人の始末がついて内心喜ぶかもしれません」

上林が訴えるような口調で言った。

「そうかもしれんが、わしらのような者には……」

あまりに荷が重い、と源九郎は思った。きよに味方して松崎を斬った敵の背後にいる者まで討とうとすれば、事件の黒幕と闘うことになるだろう。それが大物であれば、源九郎たちでは歯が立たないかもしれない。

源九郎が口をとじていると、上林は困惑したような顔をし、

「こ、これは、松崎家からお預かりした物です」

そう言って、懐から袱紗《ふくさ》包みを取り出した。

「当座の軍資金として、使っていただければ……」

上林は、袱紗包みを源九郎の膝先に置いた。

包みの膨らみは、ちいさかった。切り餅が、ふたつ包んでありそうだった。切《きり》餅《もち》ひとつ、二十五両なので、五十両ということになる。

……この金を工面するのも、容易ではなかったろう。

と、源九郎は思った。

松崎家は、二百石の旗本である。奥向きは楽ではないはずだ。それに、当主の松崎が殺された後のごたごたのなかで工面したのである。

「いただいておこう」

源九郎は袱紗包みをつかんだ。

どこまでできるか分からないが、長屋の者たちでできよに助太刀して敵を討ち、黒幕も暴きだしてやろう、と源九郎は思った。

第二章　御徒目付《おかちめつけ》

一

本所松坂町《まつざかちょう》の回向院《えこういん》の近くに、縄暖簾《なわのれん》を出した亀楽《きらく》という小体《こてい》な飲み屋があった。店のなかの土間に置かれた飯台を前にし、男たちが腰掛け代わりの空樽に腰を下ろしていた。源九郎、菅井、茂次、孫六、三太郎、平太の六人である。

七ツ（午後四時）ごろだった。店のなかには、源九郎たちしかいなかった。あるじの元造《もとぞう》と店を手伝っているおしずは、板場に入っていた。客に出す肴《さかな》を仕込んでいるのかもしれない。

「ともかく、一杯、やってくれ」

源九郎が男たちに声をかけて猪口《ちょく》を手にした。

「ありがてえ、みんなと久し振りで酒が飲める」

孫六が嬉しそうな顔をして言った。

孫六は酒に目がなかったが、同居している娘夫婦に遠慮して長屋では酒を飲まないようにしていた。こうやって、仲間たちといっしょに酒を飲むのをなによりの楽しみにしていたのだ。

「とっつァん、飲み過ぎるなよ。体にさわるぞ」

茂次が声をかけた。

「ヘン、いくら飲んだって平気だよ」

そう言って、孫六は猪口の酒を一気にかたむけた。

孫六は小柄で丸顔、小鼻が張っている。その狸のような顔が、赭黒《あかぐろ》くなっていた。陽に灼《や》けたせいもあるが、酒もまわっているようだ。

源九郎たちが飲み始めてしばらくしたとき、おしずが大皿を持って板場から出てきた。煮魚のいい匂いがした。皿には鰈《かれい》の煮付けが載っている。

「これ、旦那から。みんなで、食べてくれって」

おしずは、大皿を飯台のなかほどに置いた。

おしずもはぐれ長屋の住人だった。この場にいる平太の母親である。おしずは平太とふたり暮らしで、平太に手が掛からなくなったこともあって、亀楽の手伝いに来ていたのである。

「すまないな」

源九郎がおしずに言った。

「なに、言ってるんです。あたしこそ、平太がみなさんの世話になっていて、すまないと思ってるんですよ」

「平太は、一人前になったようだし、おしずさんも安心だな」

平太は鳶《とび》だった。ところが、どういうわけか捕物好きで孫六の子分になりたがった。

孫六は隠居していることを理由に、浅草諏訪町《すわちよう》に住む岡っ引きの栄造《えいぞう》に平太を紹介した。それで、平太は栄造の下っ引きになったのだが、栄造の手先として探索にあたることはすくなかった。栄造は平太がまだ若く、鳶の仕事を持っていたので、よほどの事件でなければ平太を使わなかった。それに、栄造は平太が源九郎や孫六といっしょに、頼まれた事件の探索にあたることを知っていて、長屋の仲間といっしょに行動できるように配慮していたのである。

「まだ、平太は半人前ですよ」

おしずは、ゆっくりやっててくださいね、と言い残し、板場にもどった。

源九郎はおしずの姿が板場に消えると、

「みんなに、頼みがあるのだ」

と、声をあらためて切り出した。

「きよさんの件ですかい」

孫六が赤い顔をして言った。

「そうだ。きよどのが父親の敵とまちがえて菅井に立ち合いを挑み、人違いと分かったことは、みんなも知ってるな」

「知ってやす」

平太が声を上げた。

「菅井の旦那と間違えるなんて、そそかっしいお方だ」

茂次がニヤニヤしながら、鰈の煮付けに箸を伸ばした。

「きよどのの敵は、居合の遣い手でな。恰好《かっこう》も、菅井に似たところがあったらしい。……それで、松崎家につかえる上林どのが長屋にみえてな、きよどのの敵討ちの助太刀を頼まれたのだ」

「あっしらに、敵討ちの助太刀はできねえ」

孫六が赤い顔をして声を上げた。酔っているらしく体が揺れている。

「おれにも、石を投げるぐれえのことしかできねえなァ」

茂次が言うと、平太も首をかしげた。

三太郎だけが、表情も変えずに源九郎の話を聞いている。三太郎はおせっという女房とふたりで、はぐれ長屋で暮らしていた。茂次と同じようにまだ子供はいない。顔が青白く、面長《おもなが》で顎《あご》が張っていた。瓢簞《ひょうたん》のような顔である。その顔が酒気を帯びて赤くなり、顔まで瓢簞色になっていた。

三太郎は砂絵描きだった。染粉で染めた砂を色別に小袋に入れて持ち歩き、掃き清めた地面に色砂を垂らして絵を描くのである。それを、人出の多い寺社の門前や広小路などでやってみせ、集まった見物人から投げ銭を貰《もら》うのだ。これも、大道芸のひとつである。

「敵討ちの助太刀をするのは、わしと菅井の役だ」

源九郎が言うと、菅井は仏頂面《ぶっちょうづら》をしたままうなずいた。菅井は無言で猪口をかたむけている。

「あっしらは、何をすればいいんで」

茂次が訊《き》いた。

「まず、敵が何者かつきとめねばならん。それに、敵の仲間たちもな」

いまのところ、源九郎にもそれしか言えなかった。

「菅井の旦那によく似た二本差しを探すんですかい」

「まァ、そうだ」

「やってもいいが……」

孫六が気乗りのしない声で言った。

茂次、平太、三太郎の三人も、黙っている。

「むろん、ただではないぞ」

そう言って、源九郎が懐から袱紗《ふくさ》包みを取り出して飯台の上に置いた。

男たちは息をつめて、袱紗包みを見つめている。

「五十両ある」

源九郎がおもむろに言った。

「ご、五十両……」

孫六が目を剝《む》いた。

「しかも、上林どのは、当座の軍資金と言ったのだ。始末が長引けば、さらに金が出るかもしれん。……わしと菅井はやるつもりだが、みんなはどうするな」

源九郎が男たちに視線をまわして訊いた。

「あっしは、やる!」

孫六が声を上げると、

「おれもやるぜ」

茂次がつづき、平太と三太郎もやると言った。

「よし、これで決まりだ」

源九郎は袱紗包みを解いた。切餅《きりもち》がふたつ包んであった。

「いつものように、六人で等分に分けるが、どうだな、ひとり八両ずつで。……残った二両は、わしらの飲み代ということにしようではないか」

源九郎たちは、いつもそうだった。貰った金は、六人で等分に分けていたが、半端は六人の飲み代にしていた。それというのも、源九郎たちは亀楽に集まって飲むのを何より楽しみにしていたからだ。

「それでいいぞ」

孫六が声を上げると、すぐに茂次たちも承知した。

「では、分けるとするか」

源九郎は切餅ふたつを取り出した。

切餅は、一分銀が紙に二十五両分方形に包んである。一分銀四枚で一両なので、百枚ということになる。

源九郎は切餅の紙を破ると、それぞれの前に八両分の一分銀を置いた。そして、源九郎は男たちが分け前の一分銀を巾着《きんちゃく》にしまうのを見てから、

「さァ、今夜は金の心配をせずに飲んでくれ」

と、声をかけた。

二

「山倉どのは、松崎どのが襲われたとき、いっしょにいたのだな」

源九郎が歩きながら訊いた。

源九郎、孫六、山倉の三人は、竪川沿いの通りを両国橋にむかって歩いていた。これから、駿河台まで行くつもりだった。松崎が斬られた場所を見ておくためである。

源九郎は山倉がきよとともに長屋に姿を見せたとき、案内を頼んだのだ。孫六は、源九郎が駿河台まで行くことを知ると、あっしもお供しやしょう、と言ってついてきたのである。

「はい」

「すると、居合を遣う武士だけでなく、他のふたりも目にしているな」

「暗がりではっきりしませんが、見ています」

「ふたりの武士の腕は」

山倉はなかなかの遣い手だったので、敵の腕のほどを見抜く目を持っている、と源九郎はみていた。

「遣い手でした」

すぐに、山倉が答えた。

「他のふたりは、居合ではないのだな」

「居合は遣いませんでした」

「うむ……」

どうやら、居合を遣うのは松崎を斬った者だけらしい。松崎が襲われたとき、従者として山倉ともうひとりの武士がついていた。それを三人だけで襲ったのだから、よほど腕に自信のある者たちとみていい。

「襲った三人に、心当たりはないのだな」

源九郎が念を押すように訊いた。

「ありません」

山倉が、はっきりと答えた。

源九郎たち三人は両国橋を渡り、賑やかな両国広小路を経て柳原通りに出た。

源九郎は柳原通りを西にむかいながら、

「松崎どのは、御徒目付組頭と聞いたが、だれを探っていたのかな」

と、山倉に訊いた。

「殿は旗本を探っていると話されたことがありますが、どなたを探っているのか、名は口にされませんでした」

「内密で探っていたのか」

「それがしには、殿が内密で探っていたかどうか分かりません」

「利根山どのから聞いたのだが、松崎どのは殺される三日前、御目付の近藤谷左衛門さまの屋敷から帰る途中、武士に跡を尾《つ》けられたそうだな」

源九郎が別のことを訊いた。

「はい、そのとき、それがしも殿にお供していました」

「すると、山倉どのも跡を尾けていた武士を目にしたのか」

「見ました」

「そやつが、何者かは分からないのだな」

源九郎は山倉に目をやって訊いた。

「分かりません。その武士は羽織袴姿で二刀を帯びていましたが、遠かったので顔ははっきりしませんでした」

「跡を尾けていたのは、ひとりか」

「目にしたのは、ひとりです」

山倉によると、近藤家の屋敷を出てしばらくしたとき、背後を歩いている武士を目にしたという。さらに、神田川沿いの通りに出てからも、その武士がほぼ同じ間隔を保って歩いてくるので、尾行されていると気付いたそうだ。

すぐに、山倉が脇道に入って身を隠し、尾行している武士を待ったが、武士は山倉の動きに気付いたらしく、踵《きびす》を返して来た道を引き返したという。

「うむ……」

松崎どのは、襲われる前から、命を狙われていたらしい、と源九郎は思った。

そんな話をしながら源九郎たちは柳原通りを歩き、昌平橋のたもとに出た。橋のたもとをそのまま通り過ぎ、神田川沿いの道を西にむかえば、松崎が襲われた駿河台に出られる。

昌平橋のたもとを過ぎると、人通りが急にすくなくなった。通りの左手には、旗本の武家屋敷がつづき、右手は神田川の土手になっていた。

「この辺りから、駿河台だな」

源九郎が言った。やはり、通りの左手には旗本屋敷がつづいている。

「もうすこし先です」

それから、二町ほど歩いたろうか。左手には旗本屋敷の築地塀《ついじべい》がつづき、右手の神田川の岸際には葦《あし》や芒《すすき》が群生していた。

山倉が路傍に足をとめ、

「襲われたのは、この辺りです」

と、指差して言った。

山倉によると、襲撃者のふたりが葦の陰から飛び出し、別のひとりが築地塀の脇から走り出て、一気に斬りかかったという。

源九郎は山倉が話した状況を脳裏に浮かべ、

「待ち伏せするには、いい場所だ。おそらく、三人は前からここを襲撃場所と決めていたのだろうな」

と、つぶやいた。

山倉はちいさくうなずいたが、黙っていた。

源九郎は襲撃場所を見た後、

「松崎さまのお屋敷は、この先かな」

と、山倉に訊いた。せっかくここまで足を運んできたので、松崎家の屋敷だけでも見ておきたかったのだ。

「そうです」

山倉は、ご案内しましょう、と言って、先にたった。

神田川沿いの道をさらに西へ二町ほど歩くと、山倉は左手の細い道に入った。

道沿いには、二百石から三百石と思われる小身の旗本屋敷がつづいていた。

山倉は細い道に入っていっとき歩いたところで足をとめ、

「その屋敷です」

と言って、斜向《はす》かいにある旗本屋敷を指差した。

片番所付きの長屋門だった。築地塀の先に、屋敷が見えた。敷地は六百坪ほどあるのではあるまいか。

「いま、上林さまに、華町どのが見えたと話してきます」

そう言って、山倉が屋敷に足をむけようとすると、

「待て」

源九郎がとめ、

「今日は、襲われた場所から屋敷までの道筋を確かめにきただけなのだ。屋敷には寄らずにこのまま帰る」

と慌てて言った。前もって話もせずに、いきなり屋敷を訪ねるわけにはいかなかった。それに、今日は孫六も連れているのだ。

源九郎は、その場で山倉と別れた。帰りは孫六とふたりである。

「旦那、疲れやしたね」

孫六が言った。酒でも、飲みたそうな顔をしている。

「そうだな」

源九郎は、帰りがけに、亀楽で孫六と一杯やってもいいな、と胸の内でつぶやき、ニヤリとした。

三

その日、はぐれ長屋の脇にある空き地に、源九郎、菅井、きよ、山倉の四人が集まった。そこは、長屋の子供たちの遊び場になっていて、五、六人の子供が遊んでいたが、源九郎たちの姿を見ると、空き地の隅にかたまって腰をかがめた。どの顔にも、好奇の色があった。何か、変わったことが始まると思ったようだ。

以前、源九郎はゆいという武家の娘に敵討ちを頼まれ、この空き地で剣術の指南をしたことがあった。そのときも長屋の子供たちが集まって見物していたが、いま空き地にいるのは、六つ、七つの子供ばかりなので、そのときは目にしなかったのだろう。

「お師匠のお言葉どおり、木刀と小太刀《こだち》しか用意してありませんが」

きよが戸惑うような顔をして言った。きよは、菅井にふだん遣っている懐剣と木刀だけを持参するように言われていたのだ。きよは、居合の稽古には真剣が必要だと思ったのであろう。

きよは襷《たすき》で両袖を絞り、草鞋《わらじ》履きだった。額の汗止めの白鉢巻きをしている。これから、斬り合いでも始まりそうな勇ましい恰好である。

「ふだん遣っている懐剣があればいい」

菅井が仏頂面をして言った。

菅井は若い女の前に立つと、機嫌の悪そうな顔をすることが多かった。照れを隠そうとしているらしい。

一方、源九郎は笑みを浮かべて、きよと山倉に目をやっていた。

「まずは、木刀の素振りからだな」

菅井はそう言うと、自分も持参した木刀で素振りを始めた。

きよも木刀を手にし、エイッ、エイッ、と気合を発しながら振り出した。山倉も、きよの脇で木刀を振った。

しばらく、木刀の素振りをし、きよと山倉の顔に汗が浮いてきたところで、

「では、稽古を始めるか」

菅井が声をかけると、きよと山倉が足早に近寄ってきた。

「きよどのは、敵を討つために居合の稽古をするのだな」

菅井が念を押すように訊いた。

「そうです。何としても、父の無念を晴らしたいのです」

「ならば、小太刀で居合と闘うための稽古をしよう」

「……」

きよが、戸惑うような顔をした。菅井が、居合を指南するのではないことを仄《ほの》めかしたからだろう。

「きよどのは小太刀を身につけている。これから居合の稽古をするより、小太刀

を遣って敵を討った方がいい」

菅井は、きよがこれから居合の稽古をしても、居合の遣い手と渡り合うには、十年かかるとみていた。いや、十年辛苦の稽古をつづけても、父を斬った居合の遣い手を討つことはむずかしいかもしれない。

「で、でも、わたしの小太刀では……」

きよが困惑するように声をつまらせて言った。

「小太刀で、居合に勝つ術を教える」

菅井が顔をひきしめて言った。

脇に立って、菅井ときよのやり取りを聞いていた源九郎は、

……菅井も、なかなか言うわい。

と思ったが、黙って聞いていた。源九郎の胸の内にも、きよがどんなに居合の稽古をしても、居合で敵を討つのは至難であろうとの思いがあったのだ。

「きよどの、懐剣を手にし、斬り込む間合をとって立ってくれ」

菅井は脇にいる山倉にも、きよからすこし離れて立ち、木刀を菅井にむけて構えるよう指示した。

きよは懐剣を手にし、一足一刀の斬撃の間境に立って身構えた。この間合は、

一歩踏み込んで斬り込めば、敵に切っ先がとどく距離である。

「居合に勝つには、まず敵が居合で抜くときの動きをよく知ることが大事だ」

菅井は、見ていろ、と声をかけると、左手で刀の鯉口《こいぐち》を切り、右手で柄《つか》を握った。そして、腰を沈めた。居合腰である。

「通常、居合はこの構えから抜き付ける」

菅井の顔には、真剣勝負のときのような凄《すご》みと迫力があった。

「はい！」

きよの顔も真剣そのものだった。

「居合の抜き付けの一刀は迅《はや》い。敵がこの構えをとったら、すぐに斬り込んでくるとみるのだ」

居合は抜き付けの迅さと、敵を仕留める正確な太刀筋が大事である。居合の遣い手はその両方を身につけているはずだ。

「それに、敵がこの構えをとったら、すぐに一歩身を引け」

さらに、菅井が言った。

「なぜです」

きよが、懐剣を構えたまま訊いた。

「居合の抜き付けの一刀は、一歩踏み込まなくても切っ先が敵にとどくからだ」

菅井が、やってみる、と言って、居合の抜刀体勢から、半歩ほど踏み込みざまゆっくりと逆袈裟《ぎゃくげさ》に抜き付けた。

切っ先が、きよの右の二の腕に迫っていく。

アッ、と声を上げ、慌ててきよは一歩身を引いた。菅井の切っ先が、きよの二の腕を截断《せつだん》するところまで伸びている。

菅井は、刀を手にしたまま腰を伸ばして立った。

「見たか」

「はい」

「いいか、居合は片手斬りだ。居合で抜き付けたとき、刀を手にした右腕の肘《ひじ》が伸び、さらに体も前屈みになる。その腕と体の伸びで、両手で柄を握って斬り込むより一尺ほども前に伸びるのだ」

「た、たしかに……！」

きよが、目を剝いて言った。山倉も息をつめて菅井をみつめている。

「そのため、敵の居合での抜き付けの一刀をかわすには、敵が抜く前に一歩身を引かねばならない」

身を引かずに、己の刀で受けることもできるが、居合の遣い手がはなつ一撃は迅いため、きよの小太刀の腕で受けるのはむずかしいだろう。

「分かりました！」

きよが、顔をひきしめて応えた。目がつり上がり、菅井を睨《にら》むように見すえている。きよも、己の小太刀で居合に立ち向かう気になったようだ。

「いくぞ！」

菅井は居合の抜刀体勢をとった。

すかさず、きよが一歩身を引いた。

だが、菅井は抜刀せず、抜刀体勢をとったまま擂《す》り足できよとの間合をつめた。

「だめだ、敵は相手が身を引いたことを察知すれば、抜かずに間合をつめるぞ」

「……！」

きよが戸惑うような顔をした。どうしていいか分からなかったのだろう。

「敵が刀を抜こうとした一瞬をとらえて、身を引け」

「はい！」

「いいか、抜くぞ」

菅井はふたたび居合腰の抜刀体勢をとった。

きよは懐剣を構え、一足一刀の斬撃の間合をとって菅井と対峙《たいじ》した。

きよは菅井の動きを見つめ、居合で抜き付ける一瞬をとらえて一歩身を引いた。一方の菅井は、居合の抜刀体勢から半歩踏み込みざま抜き付けた。むろん、きよを斬らないように、きよの動きに応じて斬撃に緩急をつけている。

奇妙な稽古がつづいた。ふたりは睨み合ったまま気合も発せず、身を引いたり踏み込んだりしている。

空き地の隅で稽古の様子を見ていた子供たちは、きよと菅井の単純な動きに飽きてしまったらしく、草をむしり取って投げ付けたり、叢《くさむら》のなかで目にした虫をつかまえたりして遊んでいる。

菅井ときよは、真剣だった。半刻（一時間）もすると、ふたりの顔は汗でひかり、きよの息が荒くなってきた。

山倉はしばらくきよの脇に立って、菅井の居合の動きに目をむけていたが、そのうち自分の稽古にはならないとみたらしく、身を引いて木刀の素振りを始めた。また、源九郎は空き地の隅に立って、菅井ときよの稽古を見ていた。

さらに、小半刻（三十分）ほど経ち、きよが肩で息をするようになると、菅井

が身を引いて、

「今日の稽古は、これまでだな」

と、きよに声をかけた。

「は、はい……」

きよは、ありがとうございました、と菅井に声をかけて頭を下げた。

きよと山倉はいったん長屋にもどり、菅井の家で帰り支度をして駿河台にむかった。どうやら、山倉はきよの身を守るためもあって稽古を望んだようである。松崎家からの指示もあったのだろう。

四

菅井ときよが空き地で稽古を初めて三日目、源九郎は山倉を相手に剣術の稽古を始めた。源九郎は山倉が見ているだけなので、「どうだ、わしと一汗かかないか」と声をかけたのである。

「お願いします」

山倉は喜んで、源九郎から指南を受けることになった。菅井はきよの稽古に専念していたので、山倉は見ていることが多かったのだ。

剣術の稽古といっても、木刀を遣って素振りをしたり、打ち込みの稽古をしたりするだけだった。それでも、山倉はありがたかった。すでに、山倉は一刀流をよく遣ったし、鏡新明智流の遣い手である源九郎と対峙して打ち込みをするだけでも、いい稽古になったのである。

菅井や源九郎たちが稽古を始めて、半刻（一時間）ほどしたろうか。孫六がふたりの武士を連れて空き地にやってきた。

ふたりの武士は羽織袴姿で二刀を帯びていた。ふたりとも、けわしい顔をしてきよと山倉に目をやった。

「華町の旦那、おふたりから、話があるそうで」

孫六が源九郎に身を寄せて言った。

源九郎は、山倉に「わしに、何か用があるらしい。ここで、待ってくれ」と声をかけ、ふたりの武士とともに、菅井ときよが稽古をしている場から離れ、空き地の隅に身を寄せた。

「華町源九郎だが、わしに何か用がおありだとか」

源九郎が、年配と思われる武士に声をかけた。

「それがし、徒目付の小杉大助《こすぎだいすけ》にござる」

年配の武士が名乗ると、

「同じく徒目付の遠藤伸三郎《えんどうしんざぶろう》にございます」

もうひとりが、名乗った。遠藤は若かった。まだ、二十歳そこそこであろう。

源九郎はふたりが徒目付と口にしたので、すぐに殺された松崎弥右衛門の件で訪ねてきたと察知したが、

「何用でござるかな」

と、声をひそめて訊いた。

「われらふたりは、殺された松崎さまの配下だったのです」

小杉がけわしい顔で言った。

「うむ……」

源九郎はちいさくうなずいただけで、小杉の次の言葉を待った。

「過日、松崎家を訪ね、上林どのから華町どのや菅井どののことをお聞きしました。そのおり、きよさまがここで居合の稽古をなされていることも耳にしました」

小杉が、きよと山倉に目をやりながら言った。

「それで」

源九郎は話の先をうながした。

「われらも、お頭《かしら》の敵を討ちたいと念願しております。……ただ、お頭の敵を晴らすのは、お頭を手にかけた者を討つのではなく、そやつらをつき止め、悪事を暴くことにあると思っております」

小杉が言うと、遠藤もうなずいた。

小杉が口にしたお頭とは、小杉たちを束ねていた御徒目付組頭の松崎のことである。

「もっともだな。それで、ここに来た理由《わけ》は」

源九郎が訊いた。

「此度《こたび》のことは、お頭の松崎さまのお指図でわれらが探っていた件と、何かかかわりがあるとみているのです」

「おふたりは、松崎どのが何を探っていたのか知っているのだな」

源九郎が身を乗り出すようにして訊いた。

「むろん、知っています。われらは、お頭のお指図で探索にあたっていましたから」

「そういうことなら、わしだけでなく、そこにいる菅井もいっしょに話を聞かせてもらいたいが」

源九郎は、できれば山倉にも話を聞かせたいと思った。ただ、きよは聞かない方がいいかもしれない。敵を討つことに専念するためである。

「かまいません」

「ここで、待ってくれ。菅井たちに話してくる」

源九郎は、きよの稽古の相手をしている菅井に足をむけた。


それから、小半刻（三十分）ほどして、源九郎の家に五人の男が集まった。源九郎、菅井、小杉、遠藤、それに山倉の姿もあった。源九郎が山倉にも声をかけたのだ。きよは、菅井の部屋で稽古の後の体を休めているはずである。

源九郎たち五人はあらためて名乗り合った後、まず山倉が、

「殿を襲ったのは、三人の武士です」

そう前置きし、駿河台で松崎が襲われたときの状況を話した。

「松崎どのを襲った三人に、心当たりはおありかな」

源九郎が訊いた。

「三人に心当たりはありませんが、われらがかかわっていた件と何かつながりが

あるはずです」

小杉が言うと、遠藤がうなずいた。

「松崎どのは、だれを探っていたのです」

源九郎が小杉に訊いた。

松崎は御徒目付組頭だった。幕府の旗本か御家人がかかわった不正や悪事を、小杉たちに指示して探っていたはずである。

「旗本の水田麻右衛門《みずたあさえもん》さまです」

遠藤が急に声をひそめた。

「水田麻右衛門な……」

源九郎は水田の名に覚えがなかったので、脇に座している菅井に目をやると、菅井も知らないらしく首をひねった。

「実は、御目付の近藤谷左衛門さまからお頭にお指図があり、それでわれらが探っていたのです」

「近藤さまか」

源九郎は、近藤の名を聞いていた。

山倉と利根山から、松崎が近藤家からの帰りに、うろんな武士に跡を尾けられたという話を聞いていたのだ。

すると、話を聞いていた山倉が、近藤家の帰りに跡を尾けられたことを小杉たちに話した。

「やはり、お頭は、水田さまの件で命を狙われたのだな」

小杉が顔をけわしくして言った。

「水田という旗本だがな。いったい、何をしたのだ」

源九郎があらためて訊くと、菅井と山倉の目が小杉にむけられた。

「まだ、何をしたか、はっきりしないのです」

小杉が眉《まゆ》を寄せた。

「水田の役柄は」

「御納戸《おなんど》組頭で、御納戸頭の赤塚宗兵衛《あかつかそうべえ》さまの配下です」

「うむ……」

源九郎は、赤塚も初めて聞く名だった。

幕府の御納戸頭は二名おり、将軍の手元にある金銀、衣類、調度などの出納をつかさどるとともに、諸大名の献上品と将軍から下賜《かし》される品々を取り扱っている。

その御納戸頭について補佐し、御納戸衆たちを統括しているのが、御納戸組頭である。御納戸組頭は御納戸頭に二名ずつついているので、都合四人いることになる。

また、御納戸組頭の役高は四百俵である。したがって、家禄四百石ほどの旗本が御納戸組頭になることが多い。

「だが、何か不正があって、水田という旗本を探っていたのではないか」

何もなければ、御目付の近藤から探索の指示はないだろう、と源九郎はみたのだ。

「実は、水田さまは、将軍が下賜されるお仕着せにかかわり、御用達の呉服屋との間で不正があったのではないかと噂があったのです。……その件を、お頭は探っておられたのです」

小杉が、声をひそめて言った。

「その呉服屋は」

「日本橋室町《むろまち》にある山岸屋《やまぎしや》です」

「山岸屋か」

源九郎は山岸屋を知っていた。知っていたといっても、名を聞いたことがあるだけである。

「そこもとたちも、山岸屋を探ったのだな」

源九郎が訊いた。

「はい、ですが、いまのところ、これといった不正はつかめていません」

小杉は丁寧《ていねい》な物言いをした。源九郎が年上だったからであろう。

「旗本の水田と、山岸屋とのかかわりはあったのだな」

「ありました」

小杉たちが、探ったことによると、水田はときおり山岸屋に出かけ、あるじの弥兵衛《やへえ》や番頭の甚蔵《じんぞう》と会っていたという。

「ですが、水田さまが将軍の下賜されるお仕着せのことで、山岸屋のあるじや番頭と会うことは当然のことで、そのことから水田さまと山岸屋の間で何か不正があったとはいえないのです」

小杉が言い添えた。

「まァ、そうだな」

「ただ、われらが山岸屋を探るようになって間もなく、松崎さまは何者かに襲われたことからみて、山岸屋も、何かかかわりがあるかもしれません」

小杉が小声で言った。

次に口をひらく者がなく、座敷が重苦しい沈黙につつまれたとき、

「いずれにしろ、松崎どのを襲った三人をつきとめれば、水田とのかかわりも知れるのではないのか」

黙って聞いていた菅井が口をはさんだ。

「菅井の言うとおりだな。……ところで、小杉どのたちは、これからどうされるな」

源九郎が訊いた。

「われらは、生前のお頭のお指図どおり、水田の身辺と山岸屋を洗います。そして、水田の不正を明らかにし、お頭を襲った三人組をつきとめることが、われらの敵討ちだと思っています」

小杉が強い口調で言うと、遠藤もうなずいた。

それから、小杉と遠藤はこれまでの探索で知れたことを源九郎たちに話し、

「何かつかめたら、知らせにきます」

と小杉が言い残し、遠藤とともに腰を上げた。

五

茂次と平太ははぐれ長屋を出ると、大川にかかる両国橋に足をむけた。そして、両国橋を渡って賑やかな両国広小路に出たところで、茂次が大川端に目をやり、

「ちかごろ、菅井の旦那は、居合の見世物に出てねえようだ」

と、平太に話しかけた。

菅井はいつも両国広小路の大川端近くで、居合の見世物をやっていたが、その姿がなかった。

「菅井の旦那は、きよさまといっしょに空き地で居合の稽古をしてまさァ」

平太が歩きながら言った。

「菅井の旦那はその気になると、他のことは目に入らなくなるからな。凝り性なんだ」

「将棋と同じかな」

「そうかもしれねえ」

ふたりは、そんなやりとりをしながら左手の大きな通りに入った。そこは、横《よこ》

山町《やまちょう》を経て、大伝馬町《おおでんまちょう》、日本橋室町へとつづく通りである。

茂次と平太は、室町にある呉服屋の山岸屋を探りに行くつもりだった。探るといっても、評判を聞く程度である。源九郎から、今度の件は山岸屋がかかわっているかもしれない、と聞き、とりあえず山岸屋の評判だけでも聞き込んでみようと思ったのだ。それというのも、茂次と平太は、分け前を手にしてから何もしてなかったのだ。

「兄い、華町の旦那から聞いたんですがね。……殺された松崎さまは、山岸屋を探っていたそうですぜ」

「そのことなら、おれも聞いたよ」

「松崎さまを襲った三人組は、山岸屋と何かかかわりがあるんですかね」

「どうかな。……まだ、何もつかんでねえんだ。あれこれ考えねえ方がいいぜ」

「ちげえねえ」

平太が首をすくめた。

ふたりがそんなやり取りをしながら歩いているうちに、賑やかな日本橋通りに出た。様々な身分の老若男女が行き交っている。そこは中山道でもあり、旅人や駄馬を引く馬子の姿もあった。

「山岸屋は、この辺りと聞いたぜ」

そう言って、茂次が日本橋通りの左右に目をやった。

通り沿いには土蔵造りの大店《おおだな》が並び、どれが山岸屋か分からなかった。

「あっしが、訊いてきやすぜ」

平太がそう言い残し、通りかかったふたり連れの町娘の方へ走り寄った。茂次が何か言う暇もなかった。すっとび平太と言われるだけあって、何をするにも、動きが速い。

……あいつ、娘と話がしてえだけじゃァねえのか。

茂次が胸の内で毒突いていると、平太がもどってきた。

「兄い、知れやしたぜ」

平太が言った。

「どこだい」

「この先、二町ほど行くと、右手にあるそうでさァ。あのふたり、山岸屋で反物を買ったことがあるって言ってやしたぜ」

平太はふたりの娘と反物の話までしたらしい。

「行ってみるか」

ふたりは賑やかな通りを日本橋の方へむかった。二町ほど歩くと、

「あれが、山岸屋ですぜ」

平太が指差して言った。

土蔵造りの大きな店だった。店の脇に立て看板があり、「呉服物品々、山岸屋」と記してあった。

「繁盛しているようだな」

見ると、町娘、娘連れの商家のご新造らしい女、供連れの武士などが、頻繁に出入りしていた。

「さて、どうする」

茂次が路傍に足をとめた。

「店に入って話を聞くわけにはいかねえし、また、店から出てきた娘でもつかまえて話を聞きやすか」

「それでもいいが……。そうだ、平太、ここで別れて別々に話を聞いてみないか。ふたりで雁首《がんくび》そろえて、話を聞くことはねえからな」

「でも、帰りはどうしやす」

「石町《こくちょう》の七ツ（午後四時）の鐘が鳴ったら、またここに戻ればいい。そうすり

ャア、帰りもいっしょだ」

茂次が頭上に目をやって言った。

陽は西の空にまわりかけていた。八ツ（午後二時）ごろではあるまいか。

「分かりやした。あっしは、店から出てきた客をつかまえて訊いてみやす」

「平太、山岸屋のことを探っているのが、知れねえように訊けよ。どこに、どんなやつの目がひかっているか分からねえからな」

「承知しやした」

平太が、首をすくめるようにうなずいた。

ひとりになった茂次は、山岸屋の前を通り過ぎ、近くの路地に入った。近所の住人に訊いた方が、山岸屋のことが知れるとみたのである。

そこは狭い路地だったが、結構人影があった。路地沿いには、小体《こてい》なそば屋、縄暖簾を出した飲み屋、酒屋などがあり、土地の住人らしい者が多かった。

茂次は通りかかった娘連れの四十がらみの女を目にし、

「ちょいと、すまねえ」

と、声をかけた。

「何か用かい」

四十がらみの女が、戸惑うような顔をした。いきなり、見ず知らずの男に声をかけられたからだろう。

年配の女が連れていたのは、十五、六と思われる娘だった。女の娘らしい。

「そこに、山岸屋ってえ呉服屋があるな」

茂次が表の通りを指差して言った。

「あるよ」

「おれの女房にな、反物でも買ってやろうと思って来たんだが、呉服屋に入《へえ》るのは初めてでな、迷っているのよ」

茂次が照れたような顔をして言った。

「そうなの、あんたの嫁さんが、羨ましいねえ。あたしなんか、亭主に古着だって買ってもらったことはないよ」

女はそう言ったが、表情はやわらいでいた。茂次のことを、悪い男ではないと思ったようだ。

「それで、どうだい、山岸屋の評判は」

茂次が声をあらためて訊いた。

「評判は悪くないよ。ただ、あたしらには、高過ぎて手が出ないけどね」

「繁盛してるようだな」

「ちかごろ、客が増えたねえ。……御上の御用達になってからだよ」

「御用達になったのかい」

「二年ほど前かねえ。それから、御上に品物を納めるようになったし、お武家さまの客も増えたようだし……」

「それで、繁盛してるんだな」

「呉服屋は信用が大事だからねえ」

女はそう言うと、あたし、行くよ、と言い残し、娘を連れてその場を離れた。

それから、茂次は通りがかりの者や路地沿いの店に立ち寄って話を聞いてみたが、四十がらみの女から聞いたこととあまり変わらなかった。

茂次は七ツの鐘の音を聞いて、平太と別れた場所にもどった。平太は路傍で、茂次が来るのを待っていた。

「歩きながら話すか」

茂次が平太に声をかけた。

た。
「へい」
茂次と平太は来た道を引き返した。このまま、はぐれ長屋に帰るつもりだっ
茂次が聞き込んだことを一通り話してから、
「平太、おめえも何かつかんだかい」
と、歩きながら訊いた。
「あっしも、兄いと同じようなことを耳にしやした。他に、ちょいと気になること
とを聞いたんでさァ」
「話してみろ」
「山岸屋から四、五町先に、白川屋《しらかわや》ってえ老舗《しにせ》の呉服屋がありやしてね。山岸屋
が御用達になる前は、白川屋の方が繁盛してたらしいんでさァ。ところが、いま
は山岸屋に客をとられて、店がかたむいてるってえ噂ですぜ」
平太が聞き込んだことによると、山岸屋と白川屋で幕府の御用達をめぐって争
ったが、山岸屋に決まったのだという。
「へえ、そんなことがあったのかい」
今度の件は、御用達のこともからんでいるのではないか、と茂次は思った。

六

「華町の旦那、この辺りじゃァねえかな」

孫六が通り沿いにつづく旗本の屋敷に目をやりながら言った。

源九郎と孫六は、神田川沿いの通りに来ていた。前方に水道橋がかかってい た。通り沿いには、旗本屋敷がつづいている。水道橋の右手奥に、水戸《みと》家の上屋敷の殿舎の甍《いらか》が見えていた。

源九郎は、旗本の水田麻右衛門のことを探ってみるつもりだった。その前に、水田の屋敷を見ておこうと思ったのである。昨日、はぐれ長屋に来た小杉に水田の屋敷はどこにあるか訊くと、小石川の水戸屋敷の近くにあると教えてくれたのだ。

水戸屋敷の近くまで行くと、通り沿いには大身の旗本屋敷が多くなった。家禄が四百石か五百石と思われる旗本の屋敷もあった。

「どの屋敷か、分からんな」

見ただけでは、どれが水田の屋敷か分からなかった。

「だれかに、訊いてみやすか」

「そうだな」

源九郎も、訊いた方が早いと思った。

だが、話の聞けそうな者はなかなか通りかからなかった。そこは武家地で大身の旗本屋敷が多く、しかも昼下がりだったので、人影はすくなかった。ときおり通りかかるのは、供を連れた騎馬の旗本ぐらいである。

「旦那、向こうから中間《ちゅうげん》が来やすぜ」

孫六が通りの先を指差した。

見ると、法被《はっぴ》姿の中間がふたり、何やら話しながらこちらに歩いてくる。近くの旗本屋敷に奉公している中間らしい。

「あっしが訊いてみやす」

孫六は、足早にふたりの中間に近寄った。

孫六は中風をわずらったため左足がすこし不自由だが、足は結構速かった。岡っ引きとして長年歩きまわって鍛えた足腰のせいらしい。

孫六はふたりの中間になにやら訊いていたが、すぐにもどってきた。

「どうだ、水田家はどこか知れたか」

すぐに、源九郎が訊いた。

「へい、この道を行くと、右手に入《へえ》る通りがありやしてね。その通りに入った先だそうでさァ」

孫六がふたりの中間から聞いた道筋を話した。

「右手に入るのだな」

源九郎たちは歩きだした。

三町ほど歩いたろうか。右手に入る通りがあった。その通り沿いにも、旗本屋敷がつづいている。

源九郎たちは右手の通りに入って出会った旗本に仕える家士らしい男に訊いてみると、一町ほど歩いた先に水田家の屋敷があると教えてくれた。

源九郎たちは教えられたとおりに歩くと、通り沿いに四百石前後と思われる旗本屋敷があった。

「あれだな」

屋敷の表門は、片番所付きの長屋門だった。門番も、ひとりいるようだ。

「旦那、どうしやす」

孫六が水田家の屋敷に目をやりながら訊いた。

「せっかく来たのだ。水田のことを探ってみるか」

源九郎は、松崎を襲った三人組と水田とのかかわりが、何か分かるかもしれないと思った。

「探るったって、お屋敷の近くで聞き込むわけにはいきませんぜ」

孫六が眉《まゆ》を寄せて言った。

通り沿いにあるのは、旗本屋敷だけである。屋敷内に入って話を聞くわけにはいかないし、話の聞けそうな者もなかなか通りかからないだろう。町人が起こした事件とちがって、勝手がちがうので、孫六も困惑しているようだ。

「そこの木陰で、一休みしながら待ってな、話の聞けそうな者が通りかかったら訊けばいいのだ」

通り沿いに、松が枝葉を茂らせていた。その陰に入れば、陽射しは避けられそうだ。

「それしかねえなァ」

源九郎と孫六は樹陰に入り、近所の屋敷に仕える中間か家士が通りかかるのを待った。

なかなか、話の聞けそうな者は通りかからなかった。陽が西の空にまわり、西陽が源九郎たちを照らすようになった。

「旦那、今日はあきらめやすか」

孫六がそう言ったとき、源九郎は、水田家の隣にあった旗本屋敷の表門の脇のくぐりから、武士がふたり出てくるのを目にした。若党であろうか。

「わしが、あのふたりに訊いてみる」

源九郎は腰を上げ、通りに出た。孫六はすこし間をとってついてきた。

「しばし、しばし」

源九郎がふたりの武士に声をかけた。

「何か……」

三十がらみと思われる大柄な武士が、怪訝《けげん》な顔をして足をとめた。もうひとりは、まだ二十歳そこそこと思われる若い武士だった。

「つかぬことをお尋ねするが、そこが水田さまのお屋敷でござろうか」

源九郎が水田の屋敷を指差して訊いた。

「そうです」

「水田さまのことで、お訊きしたいことがあってな。……足をとめさせては、申し訳ない。歩きながらで結構でござる」

そう言って、源九郎がゆっくりした歩調で歩きだした。

ふたりの武士は黙ってついてきた。

「実は、水田家では屋敷内で剣術の稽古をするため、出稽古に来てくれる腕に覚えのある者を求めていると耳にし、それで来てみたのだ。……それがし、老いてはいるが、若いころから剣術道場に通いましてな。少々、腕に覚えがござる」

源九郎が胸を張って言った。

「出稽古ねえ……」

大柄な武士が気の抜けたような声で言い、源九郎に探るような目をむけた。胸の内で、この爺《じい》さん、気が触れているのか、と思っているのかもしれない。

「何日か前、腕のたちそうな総髪の武士が、屋敷に入るのを見ましたぞ」

源九郎は、松崎を斬った居合の遣い手も、水田家を訪ねたことがあるのではないか、とみてそう言ったのである。

「そういえば、それがしも原山《はらやま》どのが総髪の武士と、歩いているのを見ました」

若い武士が言った。

総髪の武士となると、旗本に仕える家士ではないだろう。松崎を斬った総髪の武士とみていいのではあるまいか。

「原山という御仁《ごじん》は」

すぐに、源九郎が訊いた。

「原山重蔵《しげぞう》どのは、水田さまにお仕えしています」

どうやら、原山は水田家に仕える家士らしい。

「やはり、水田家では、腕に覚えのある者を求めているようだ」

源九郎が言い添えた。

「そんな話は、聞いたことがありませんよ。水田家の者に訊いてみたらどうです」

大柄な武士が突《つ》っ撥《ぱ》ねるように言い、若い武士とふたりで足早に源九郎から離れた。

源九郎が路傍に足をとめると、孫六が後ろから走り寄り、

「旦那、何とか聞き出しやしたね」

と、口許に薄笑いを浮かべて言った。

「まァな」

源九郎は渋い顔をしたが、

「孫六、原山重蔵という男は、水田家の家士らしいぞ。そやつが、松崎どのを斬った総髪の男とつながっていたようだ」

そう言って、孫六に目をやった。

「やっぱり、三人組の後ろに水田がいるってことですかい」

「そうみていい」

源九郎の顔から渋い表情が消えた。原山重蔵をたぐれば、松崎を斬った居合の遣い手もつきとめられると踏んだのである。

第三章　居合と居合

一

「王手、飛車取りだ！」

菅井が声を上げた。嬉しそうな顔をしている。

そこは、源九郎の家である。今日は、朝から雨だった。菅井は居合抜きの見世物にも、空き地でやる居合の稽古にも出られなかったので、いつものように握りめしの入った飯櫃《めしびつ》と将棋盤をかかえて源九郎の家にやってきたのだ。

「飛車など、くれてやる」

源九郎は王を後ろに逃がした。

形勢は菅井にかたむいている。あと、十手ほどで源九郎はつむかもしれない。

今朝は最初から、源九郎は将棋に身が入らなかった。水田家の家士の原山重蔵を一日も早く取り押さえて、松崎を斬った居合の遣い手をつきとめたいという思いがあったからである。

「では、飛車をいただくぞ」

菅井はニンマリして金で飛車を取った。

「菅井！」

源九郎が急に大きな声で言った。

「な、なんだ」

菅井の飛車をつまんだ手が、将棋盤の上でとまった。

「きよどのは、どうだ。何とか、敵に太刀《たち》打ちできそうか」

源九郎は、松崎を斬った居合の遣い手の居所をつかんだとき、はたしてきよが敵を討てるかどうか気になっていたのだ。

「無理だな」

菅井は飛車をつまんだ手を引いた。

「敵を討つときは、助太刀してやるしかないな」

「おれは、そのつもりでいる」

「それに、ただ敵を討っただけでは、始末はつかないかもしれん」

「敵の背後にいる者をあばいて罰せねば、殺された松崎どのの無念は晴れないというのだな」

「まァ、そうだ」

当初は、きよに敵を討たせてやればいいと思っていたが、それだけでは片が付きそうにない。

「うむ……」

菅井はいっとき虚空に目をやって黙考していたが、ふいに何か気が付いたように源九郎に目をむけ、

「それより、将棋だ、将棋。華町の番ではないか」

と、声を上げた。

「菅井には読めていると思うが、この勝負はわしの負けだ」

源九郎は将棋を指す気が失《う》せていたのだ。

「そうか、そうか。……ならば、もう一番だな」

菅井が満足そうな顔をし、あらためて駒を並べ始めた。

そのとき、戸口に近寄ってくる下駄の音がした。聞き覚えのある足音だった。

茂次らしい。

足音は腰高障子のむこうでとまり、

「華町の旦那、いやすか」

と、茂次の声がした。

「いるぞ」

源九郎が声をかけると、すぐに腰高障子があいて茂次が顔を出した。

「やっぱり、菅井の旦那もいっしょでしたかい」

そう言って、茂次は勝手に座敷に上がってくると、将棋盤の脇に腰を下ろした。

「茂次、何か用か」

菅井が仏頂面《ぶっちょうづら》して訊《き》いた。

「用はねえんだが、ちょいと気になることを耳にしやしてね」

茂次が盤面に目をやったまま言った。どうやら、将棋をやっている菅井を冷やかしに来たのではないようだ。

「何が気になるのだ」

源九郎が訊いた。

「お島《しま》から聞いたんですがね。一昨日、長屋の木戸門の近くで、うろんな武士に呼びとめられて、いろいろ訊かれたそうでさァ」

お島は、はぐれ長屋に住む手間賃稼ぎの大工の女房である。

「何を訊かれたのだ」

「きよどのや華町の旦那たちのことだと言ってやした」

「なに、きよどののことも訊いたのか」

源九郎は、松崎を斬った三人組のひとりではないかと思った。

「若い武家の娘が、ときどき長屋に来てるようだが、何をしているのかと訊いたそうでさァ」

「それで、お島はどう答えたのだ」

「近くの空き地で、剣術の稽古をしていると話したようで」

「うむ……」

まずい、と源九郎は思った。三人組は、きよが敵討ちのために剣術の稽古をしていると気付いたにちがいない。放置しておくと面倒なので、きよを襲って始末しようとするかもしれない。

菅井もそのことに気付いたらしく、顔がけわしくなった。

「そいつは、他にも訊いたそうですぜ」

「何を訊いた」

菅井が脇から口をはさんだ。

「きよどのに、剣術の指南をしているのは、だれだと訊いたそうでさァ。……それで、お島は菅井の旦那と華町の旦那のことを話したらしい」

「長屋の者たちに口止めしなかったのだから、仕方ないな」

源九郎が言った。

菅井は虚空を睨《にら》むように見すえていたが、

「そやつら、稽古中ではなく、きよどのの行き帰りを襲うのではないか」

と、顔をけわしくして言った。

きよは、稽古のある日に駿河台の屋敷からはぐれ長屋まで通っていた。ひとりではなく、山倉が供につくことが多いが、松崎を襲った三人にとって、ふたりを討つのは容易であろう。

「そうかもしれん」

源九郎も、きよが山倉とふたりでいるところを襲われたら太刀打ちできない、と思った。

「明日、長屋にくるとき、狙われるかもしれんぞ」

菅井の顔がこわばった。

「うむ……」

源九郎も、明日はあぶないとみた。お島が武士にきよのことを訊かれたのは、一昨日である。今日は雨で、きよは屋敷を出ないだろうが、明日、雨があがれば長屋に来るだろう。

「華町、松崎家の屋敷を知っているな」

「知っている」

「明日だけでも、迎えに行く。華町、いっしょに来てくれんか」

菅井が強い口調で言った。

「承知した」

源九郎は、ここできよを討たれたら、松崎家に対しても顔がたたないと思った。

二

翌日、源九郎、菅井、茂次、三太郎の四人は、朝暗いうちにはぐれ長屋を出た。

三太郎は、昨日茂次の後から源九郎の家に顔を出し、うろんな武士が、お島ではなく房七《ふさしち》という長屋の子供にきよのことを訊いていたと知らせたのだ。おそらく、その武士はお島に訊く前に、子供に訊いたのだろう。そうしたことがあって、三太郎もいっしょに行くことになったのである。

源九郎たちははぐれ長屋を出ると、竪川沿いの通りを経て大川にかかる両国橋を渡った。そして、神田川沿いの道を駿河台にむかった。

神田川にかかる昌平橋のたもと近くまで来たとき、石町の明け六ツ（午前六時）の鐘が鳴った。辺りはだいぶ明るくなっていたが、まだ神田川沿いの通りの人影はすくなかった。ときおり、朝の早いぼてふりや出職の職人などが通りかかるだけである。

駿河台に入っていっとき歩いてから、

「こっちだ」

と源九郎が言って、左手の細い通りに入った。通り沿いには、小身の旗本屋敷がつづいている。

源九郎は細い通りに入って間もなく、路傍に足をとめ、

「その屋敷だよ」

と言って、旗本屋敷を指差した。松崎家の屋敷である。

「ここで待つか」

菅井が路傍に立って言った。

「待つしかないな。……そろそろ出てくるころだろう」

源九郎は東の空に目をやった。

陽はだいぶ高くなっていた。源九郎たちのいる通りにも、朝陽が射している。

源九郎たちがその場に立っていっときしたとき、長屋門の脇のくぐりがあいて、きよと山倉が姿を見せた。

源九郎たちが近付くと、きよと山倉は驚いたような顔をして足をとめ、

「ど、どうしたのですか」

と、きよが声をつまらせて訊いた。

「いや、きよどのたちを待ち伏せしている者がいるらしいのでな。念のため、迎えに来たのだ」

源九郎が小声で話した。

「待ち伏せしているのは、何者です」

きよが、きつい顔をして訊いた。怯《おび》えや恐怖の色はなかった。気丈な娘である。

「何者かはっきりしないが、松崎どのを襲った者たちかもしれん」

源九郎が言った。

「そやつらがあらわれたら、父の敵を討ちます！」

きよが目をつり上げて言った。

「ともかく、おれがきよどのといっしょに行く」

菅井がきよのそばについた。

「あっしらは、先に行きやす」

茂次と三太郎が先に立った。ふたりは、斥候《せっこう》役だった。不意を衝《つ》かれないよう、襲撃者が身をひそめていないか、見ながら行くのである。

「わしは、すこし後から行くぞ」

源九郎は、きよたちの背後にまわった。

ここまで来る途中、源九郎たちは菅井だけがきよのそばにつき、茂次や源九郎はすこし離れて歩く策をたてていた。源九郎たちは、きよと山倉の身を守るだけでなく、松崎を襲った三人があらわれたら逆襲し、ひとりでも討ち取ろうと思ったのだ。

源九郎たちは、きよたちから前後に離れたまま神田川沿いの通りに出た。通りに出て間もなく、先を行く茂次が歩きながら手を上げて左手を指差した。だれかいるようだ。通りの左手は、神田川の岸になっていて、丈の高い葦《あし》が群生していた。そのなかに、何者かが身をひそめているのだろう。

菅井が歩きながら、きよに身を寄せた。飛び出してきた敵から、きよを守るためである。源九郎は足を速め、きよたちとの間をつめた。そして、左手で刀の鯉《こい》口《ぐち》を切った。いつでも、抜刀できる体勢をとったのである。

菅井たちが、葦の群生している近くまで来たときだった。ふいに、バサ、バサと葦を掻《か》き分ける音がひびき、ふたりの男が通りに飛び出した。ふたりは、黒布の頭巾《ずきん》をかぶって顔を隠していた。小袖にたっつけ袴、草鞋《わらじ》履きである。

「なにやつだ！」

叫びざま、菅井がきよの前に走り出た。

菅井はすぐに左手で鯉口を切り、右手を柄《つか》に添えて居合の抜刀体勢をとった。

そのときだった。右手の旗本屋敷の築地塀《ついじべい》の脇から武士がひとり走り出た。この武士も黒布の頭巾をかぶり、顔を隠していた。ただ、頭巾の脇から垂れ下がっている長髪が見えた。

どうやら、三人できよを襲うつもりで、待ち伏せていたらしい。

……こやつか、おれに似ているのは！

菅井が胸の内で叫んだ。松崎を斬った者であれば、居合を遣うはずである。

長髪の武士は、菅井の前に立った。他のふたりは、きよと山倉のそばにまわり込んできた。

「待て！」

源九郎が、きよに切っ先をむけようとしていた大柄な武士に走り寄った。きよを守らねばならない。

「華町だ！」

大柄な武士が叫んだ。源九郎のことを知っているようだ。

大柄な武士の視線が揺れた。顔は見えなかったが、動揺しているらしい。

きよは懐剣を手にし、

「父を襲った者たちか！」

と、叫んだ。目がつり上がり、手にした懐剣が震えている。きよも、気が昂《たかぶ》っているようだ。

源九郎は抜刀し、大柄な武士に切っ先をむけた。

このとき、菅井は長髪の武士と対峙《たいじ》していた。間合はおよそ三間半。ふたりとも居合腰に沈め、刀の柄に右手を添えていた。

居合対居合である。

長髪の武士の視線が揺れた。菅井の抜刀体勢を見て、居合の遣い手と察知したのだろう。

……こやつ、袈裟《けさ》にくる！

と、菅井は読んだ。

長髪の武士の居合腰の体勢がすこし高かった。抜き付けの一刀は、上に抜き上げて袈裟に斬り下ろすようだ。

おれは、逆袈裟に斬り上げる、と菅井は胸の内でつぶやいた。

ふたりは、ほぼ同時に仕掛けた。ふたりとも居合の抜刀体勢をとったまま趾《あしゆび》を這《は》うように動かし、すこしずつ間合を狭め始めた。

ふたりの間合が狭まるにつれ、ふたりの全身に気勢がみなぎり、抜刀の気が高まってきた。

ふたりは居合の抜刀の間合に近付いたが、動きはとまらなかった。ジリジリと間合をつめていく。

ふたりは抜刀の間合に踏み込むや否や、
イヤアッ!

タアッ!

と、鋭い気合を発した。刹那《せつな》、シャッ、という刀身の鞘走《さやばし》る音がし、ふたりの腰元から二筋の閃光《せんこう》がはしった。

袈裟と逆袈裟――。

二筋の閃光が交差し、着物を切り裂くかすかな音がした次の瞬間、ふたりは大きく後ろに跳んだ。お互いが、敵の二の太刀を恐れたのである。

菅井の小袖の左の肩先が裂けていた。だが、血の色はなかった。小袖を裂かれただけらしい。

一方、長髪の武士は、右袖が裂け、あらわになった右の二の腕に血の色があった。菅井の切っ先がとらえたのだが、浅手のようだ。

ふたりは大きく間合をとると、素早い動きで刀を鞘に納めた。納刀の速さも居合の腕のうちである。

菅井と長髪の武士が、ふたたび居合の抜刀体勢をとって対峙したとき、ギャッ、という叫び声が聞こえた。
大柄な武士が、後ろによろめいた。右腕が垂れている。源九郎に右の上腕を斬られたらしい。ただ、出血はすくなかった。それほど深い傷ではないのかもしれない。

大柄な武士は、左手で刀を持ったまま源九郎から逃げた。そして、源九郎との間合があくと、「引くぞ！」と声を上げ、反転して走りだした。逃げたのである。

これを見て、山倉に切っ先をむけていた武士も、後じさって間を取ると、反転して逃げだした。

「菅井、勝負はあずけたぞ」

長髪の武士はすばやく菅井から間をとり、逃げるふたりの武士を追って走りだした。

「待て！　逃げるか」

きよが、懐剣を手にしたまま長髪の武士の後を追おうとした。

「追うな」

源九郎がとめた。きよは女で、源九郎は老齢だった。逃げる三人に、足はかなわないだろう。下手に後を追うと、三人に逆襲される恐れもある。

それに、源九郎たちは敵が逃げたときの策も考えてあったのだ。

三

「来たぞ！」

旗本屋敷の築地塀の陰に隠れていた茂次が、三太郎に声をかけた。

三人の武士が、こちらに走ってくる。ふたりの武士の袖が裂け、血の色があった。菅井と源九郎に斬られたのだ。大柄な武士は、右腕を垂らしたままである。

三人の武士は、足早に昌平橋の方へむかっていく。

「尾《つ》けるぞ」

茂次と三太郎は、三人の武士が一町ほど離れたとき、築地塀の陰から通りへ出た。三人の跡を尾けるのである。

茂次たちは、襲撃した者たちが逃げた場合、跡を尾けて行き先をつきとめることになっていたのだ。

三人の武士は、前方に神田川にかかる昌平橋が見えてくると、路傍で枝葉を茂らせていた柳の陰にまわった。かぶっていた頭巾をとっている。頭巾のまま、人出の多い通りに出られないと思ったのだろう。

すぐに、三人の武士は通りに出てきた。そして、昌平橋にむかって足早に歩きだした。

「おい、菅井の旦那に似たのがいるぜ」

茂次が三太郎に声をかけた。

ひとり、総髪の武士がいた。長い髪が、肩まで垂れている。この武士が、居合の遣い手である。

「あいつが、きよどのの父親の敵ですぜ」

三太郎が言った。

「見逃すなよ」

茂次と三太郎はすこし足を速め、前を行く三人との間をつめた。

前方に、昌平橋が近付いてきた。橋のたもとを、大勢の人が行き交っている。昌平橋のたもとは、八ツ小路とも呼ばれていた。八方からの道が橋のたもとに集まっていたからである。そのため、橋のたもとはいつも賑わっていたのだ。

前を行く三人の武士は、昌平橋のたもとに出ると二手に分かれた。長髪の武士と大柄な武士が、神田川沿いの柳原通りを東にむかい、もうひとりは、昌平橋を渡っていく。

「三太郎、橋を渡ったやつを尾けてくれ。おれは、ふたりの跡を尾ける」

茂次が言った。

「承知しやした」

茂次と三太郎は、橋のたもとまで来て二手に分かれた。


ひとりになった茂次は、足を速めた。柳原通りは人通りが多く、近付かないと見失ってしまうのだ。それに、間をつめても行き交う人の流れに紛れて、尾行を気付かれる恐れはなかった。

前方に、神田川にかかる和泉橋が見えてきたとき、総髪の武士が大柄な武士に声をかけ、急に足を速めた。

すぐに、ふたりの武士の間が離れた。大柄な武士は右腕を押さえて歩くせいもあって、それでなくとも足が遅かったのだ。

茂次は大柄な武士との間をつめたが、追い越すわけにはいかなかった。先を行く総髪の武士は、和泉橋のたもとを左手におれて橋を渡り始めた。

大柄な武士はひとり、ゆっくりした歩調で柳原通りを歩いていく。すぐに、和泉橋を渡った長髪の武士の姿は見えなくなった。

……仕方ねえ、図体のでけえのを尾けるか。

茂次は、大柄な武士の行き先をつきとめようと思った。

前を行く大柄な武士は、新シ橋のたもと近くまで来ると、右手におれた。その辺りは豊島町《としまちょう》である。

茂次は走った。大柄な武士の姿が、見えなくなったからだ。右手におれる道の角まで来ると、前方に大柄な武士の姿が見えた。大柄な武士は、ゆっくりとした歩調で通りを南にむかっていく。

大柄な武士は、町筋を南に歩き、馬喰町《ばくろちょう》に入ってから細い道沿いにあった借家ふうの仕舞屋《しもたや》の前で足をとめた。そして、道の左右に目をやってから、表戸をあけて家に入った。大柄な武士の住居らしい。

茂次は通行人を装って、家の戸口に身を寄せて聞き耳をたてた。なかから、男と女の声が聞こえた。大柄な武士と家にいた女で、話しているらしい。

「おまえさん、その腕どうしたんだい」

女のうわずった声が聞こえた。

「なに、かすり傷だ」

男の声には、苛立《いらだ》ったようなひびきがあった。

それだけ聞いて、茂次はすぐに戸口から離れた。通りには、ちらほら行き交うひとの姿があったので、いつまでも戸口に張り付いているわけにはいかなかったのだ。

茂次は通り沿いにあった八百屋に立ち寄り、店の親爺に大柄な武士のことを訊いてみた。武士の名は池沢《いけざわ》茂三郎《もさぶろう》で、家は借家だという。いっしょに女が住んでいるが、池沢の妻女かどうか分からないとのことだった。

茂次は池沢の身分も訊いてみたが、親爺は知らなかった。ただ、牢人ではないらしいとだけ口にした。

そのころ、三太郎は湯島にいた。湯島の聖堂の北方で、中山道から右手の路地に二町ほど入ったところだった。跡を尾けてきた武士は、路地沿いにあった借家ふうの仕舞屋に入った。

三太郎は、通りかかった町人の女房らしい子供連れに、仕舞屋に住む武士の名を訊いてみた。

「原山重蔵さまですよ」

すぐに、女が教えてくれた。

三太郎は原山の名を聞いて、水田家に仕えている男だ、と胸の内で声を上げた。源九郎から原山のことを聞いていたのである。

さらに、三太郎は原山といっしょに住んでいる者を訊いてみたが、女は知らなかった。

三太郎は原山が入った家の近くに立ち、近所の住人らしい者が通りかかると、呼び止めて何人かに訊いてみた。その結果、原山家の様子がだいぶ知れた。

原山は老母と弟の三人暮らしだという。父親は、やはり旗本に家士として仕えていたが、五、六年前に病で亡くなったそうだ。弟は二十歳前後で、近所の剣術道場に通っているという。

三太郎は原山家の様子が知れると、原山家の前を通りながらあらためて様子をうかがった後、来た道を引き返した。はぐれ長屋に帰り、源九郎たちに原山のことを知らせようと思ったのである。

四

その夜、源九郎の家に男たちが集まった。源九郎、菅井、茂次、孫六、平太、三太郎の六人である。

源九郎たちの膝先には、酒の入った貧乏徳利と湯飲み、それに古漬けのたくわんの入った小鉢があった。

酒は六人が家にある酒を持ち寄ったものである。

「今日の肴《さかな》は、菅井が、持ってきてくれたたくわんだけだ」

源九郎が言った。

「ヘッヘヘ……。酒が飲めりゃァ、文句はねえ」

孫六が目尻を下げて言った。

「茂次と三太郎から話してもらうが、その前に一杯やってくれ」

源九郎が言うと、すぐに男たちは貧乏徳利を手にし、手酌で湯飲みについだり、隣の者についでやったりして飲み始めた。

源九郎は男たちがいっとき喉を潤すのを見てから、

「では、わしから、今日のことを話そう」

そう切り出し、松崎を襲った三人を捕らえるためにきよを屋敷まで迎えに行き、途中、三人と闘ったことを話した。

源九郎が話し終えると、

「逃げ出した三人を、あっしと三太郎とで尾けたんでさァ」

と茂次がつづき、跡を尾けた大柄な武士のことを報《しら》せた。

「そいつの名は池沢茂三郎、馬喰町の借家に女とふたりで住んでやす」

茂次が、池沢の身分はまだわからない、と言い添えた。

茂次につづいて三太郎が口をひらいた。

「あっしが尾けた男は、原山重蔵ですぜ」

すぐに、三太郎が言った。

「やはり、原山か」

菅井が声を大きくした。

原山が水田家の家士で、松崎を襲った居合を遣う武士とつながっていることが分かっていたのだ。

「原山をつかまえて吐かせりゃァ、松崎さまの敵も水田の悪事も分かるんじゃァねえかい」

孫六が目をひからせて言った。すこし、酒がまわったらしく、行灯《あんどん》の明かりを受けて顔が赭《あか》くひかっている。

「茂次が尾けた池沢が何者なのかも知れるな」

源九郎が男たちを見まわして言った。

「原山をつかまえやしょう」

平太が声を上げた。

「原山から話を聞くと、早いな」

源九郎が言った。

「それでいつやる」

「日を置かずに、すぐに原山を捕らえた方がいい。明日は、どうだ」

「やりやしょう」

孫六が言うと、茂次たち三人がいっせいにうなずいた。

源九郎たちは、すぐに明日の相談を始めた。そして、明日の手筈《てはず》が決まると、酒は早目に切り上げた。明日、朝のうちに長屋を出ることにしたので、今夜深酒をするわけにはいかなかったのである。

翌朝、源九郎は菅井が持ってきてくれた握りめしで腹拵《はらごしら》えをした後、菅井といっしょに家を出た。

長屋の井戸端に、茂次、孫六、平太、三太郎の四人が集まっていた。まだ、明け六ツ（午前六時）を過ぎたばかりだったが、お熊とおまつの姿があった。ふたりは水汲みに来て、集まっている茂次たちを目にしたらしい。

「旦那たちも、気をつけておくれよ」

お熊が心配そうな顔で言った。茂次たちから話を聞いて、これからきよのことで出かけるのを知ったようだ。

「朝めしは、食ったのかい」

おまつが訊いた。

「食った。菅井の握りめしをな」

源九郎が集まった男たちにも聞こえる声で言った。

「出かけることを知ってれば、あたしらが持っていってやったのに」

そう言って、お熊がおまつと顔を見合わせた。

「お熊、帰ってきたら夕めしを頼む。暗くなる前に、帰ってくるからな」

源九郎がそう言い置き、菅井たちとともに路地木戸に足をむけた。

源九郎たちは、昌平橋のたもとまで六人で話しながら歩いたが、たもとを過ぎて中山道に入ると、三太郎が先頭にたち、後はばらばらになった。人目を引かないように気を配ったのである。

源九郎は菅井といっしょに歩いた。

「原山は、おれにやらせてくれ」

歩きながら菅井が言った。源九郎たちは原山を家の外に連れ出し、峰打ちで仕留めるつもりだった。

「菅井、居合でやるのか」

峰打ちは刀身を峰に返さなければならないので、居合は遣いづらいだろう、と源九郎はみていたのだ。

「脇構えから、腹を打つ」

菅井が表情も変えずに言った。どうやら、菅井は居合ではなく、脇構えから原山を峰打ちに仕留める気らしい。

「菅井にまかせよう」

源九郎は、菅井が為損《し》じるようなことはないだろうと思った。

そんなやり取りをしている間に、源九郎たちは湯島の聖堂の裏手を過ぎて、本郷に入った。街道沿いの右手につづく武家屋敷の先に、加賀《かが》百万石、前田《まえだ》家の上屋敷の殿舎の甍《いらか》が見えてきた。

「こっちでさァ」

三太郎がそう言って、右手の路地に入った。

五

三太郎は、路地を二町ほど歩いてから路傍に足をとめた。そこは細い路地で、人影もすくなかった。

源九郎たちは、三太郎につづいて路傍で枝葉を茂らせていた椿の陰に身を隠した。路傍に立っていると、通りすがりの者が源九郎たちに不審の目をむけるからだ。

「あれが、原山の家でさァ」

三太郎が、路地の先の仕舞屋を指差した。

「原山はいるかな」

源九郎が言った。いなければ、出直すか、家にもどるまで待たねばならない。

「見てきやす」

三太郎はそう言い残し、樹陰から路地に出た。

三太郎は通行人を装って原山の家の前まで行くと、草鞋の紐《ひも》を直すふりをして家の戸口近くに屈《かが》んでいた。そうやって、家のなかの物音を聞いていたのである。

三太郎はいっときすると、源九郎たちのところにもどってきた。

「原山はいたか」

すぐに、源九郎が訊いた。

「いやす」

三太郎によると、家のなかから原山と弟らしき男の話し声が聞こえたという。

「家には、母親もいるのだな」

「声は聞こえなかったが、家にいるはずでさァ」

「やはり、踏み込むのは無理だな」

源九郎につづいて、脇にいた孫六が、

「あっしと平太とで、原山を外へ連れ出しやすぜ」

そう言うと、すぐに平太が、

「まかせてくだせえ」

と応えた。

昨夜、源九郎の家で相談したとき、原山の家に踏み込むのがむずかしい場合、孫六と平太とで、原山を家の外に連れ出す手筈になっていたのだ。それというのも、孫六と平太は原山たちに顔を見られている心配がなかったからである。

「この近くに連れてきやす」

そう言い残し、孫六と平太は、原山の家にむかった。

孫六と平太が家の戸口まで行くと、男の声と女のしゃがれ声が聞こえた。原山と母親であろうか。

「入《へえ》るぜ」

孫六が声を殺して言い、引き戸をあけた。

土間の先が、すぐに座敷になっていた。原山らしい武士と老女がいた。老女の細い目が原山と似ているような気がした。やはり、母親らしい。

「御免なすって、原山の旦那ですかい」

孫六が声をかけた。

「何だ、おまえたちは」

原山が、孫六と平太を睨むように見すえて訊いた。

「あっしは、平六《へいろく》ともうしやす。こっちは、孫七《まごしち》で」

孫六が、咄嗟《とっさ》に思いついた名を口にした。

「それで、何の用だ」

「あっしは、池沢さまのところで、下働きをしていやす。こいつは、あっしの甥っ子でさァ」

そう言って、孫六は平太に目をやった。

「池沢どののところで、下働きをしているのか」

原山の顔がいくぶん和《なご》んだ。池沢の名を聞いて、孫六たちのことを信用したのかもしれない。

「池沢さまは、お怪我をなされやしてね。旦那は、ご存じですかい」

「知っている。それで、どうなのだ。池沢どのの具合は」

原山が戸口に近付いてきた。

座敷にいた母親らしい老女は、原山と孫六のやり取りを耳にして安心したのか、立ち上がって座敷を出た。奥の台所へでも行ったのだろう。

「腕をやられやしてね。晒《さらし》を巻いたら、出血は収まったようでさァ」

孫六は池沢が腕を斬られたことしか知らなかったが、もっともらしく話した。

「それは、よかった」

「池沢の旦那が、どうしても原山の旦那に話しておくことがある、と言いやしてね。そこまで来たんだが、とまっていた血が腕からまた出やしてね。それで、あっしと孫七とで、原山の旦那を呼んでくると言って、お迎えに上がったんでさァ」

孫六は池沢を誘い出すために作り話を口にした。

「なに、池沢どのは近くまで来ているのか」

原山が驚いたような顔をして訊いた。

「へい、街道から路地に入《へえ》って、すぐのところの木の陰で休んでいやす」

「行ってみよう」

原山は座敷にもどり、刀掛けにあった大小を腰に差して土間へ下りた。

路地に出ると、孫六と平太が先にたち、中山道の方へ足をむけた。途中の椿の陰に源九郎たちが身をひそめているはずである。

「こっちでさァ」

孫六は足を速めた。

原山は孫六たちを信用したらしく、孫六と間をおかずについてきた。

源九郎たちが身を隠している椿が近付いてきた。孫六と平太はさらに足を速めた。後れまいと、原山はふたりについてくる。

孫六たちが椿の近くまで来たとき、ふいに樹陰から路地にふたりの男が走り出た。菅井と源九郎である。菅井が原山の前に、源九郎が後ろにまわった。前後から挟み撃ちにするつもりだった。

原山が、ギョッとしたように立ちすくんだ。一瞬、菅井と源九郎がだれか分からなかったらしい。

孫六と平太は、原山の左右に走った。この場を菅井と源九郎にまかせるのだが、念のため原山の左右にまわって逃げ道をふさいだのだ。どちらかに逃げてくれば、石でも拾って投げ付けるつもりだった。

「うぬは、菅井！」

原山が眼前に迫ってくる菅井を目にし、反転して逃げようとした。だが、原山はその場に立ちすくんだまま動かなかった。背後に、抜き身を手にして源九郎が立っているのを目にしたからである。

菅井は抜刀した。原山を峰打ちで仕留めるため、居合を遣わないのだ。

「おのれ！」

叫びざま、原山は刀を抜き、切っ先を菅井にむけた。

原山の切っ先が揺れていた。逆上し、体が顫《ふる》えているのだ。

菅井は刀身を峰に返して脇構えにとると、摺《す》り足で原山との間合をつめた。原山は青眼に構えていた刀を上げて上段にとった。菅井が刀身を下げて脇構えにとったため、面があいたとみたのである。

菅井が一足一刀の斬撃の間境に踏み込むや否や、原山が甲走《かんばし》った気合を発して斬りかかってきた。

上段から真っ向へ――。

間髪を入れず、菅井が脇構えから逆袈裟に斬り上げた。

真っ向と逆袈裟――。

二筋の閃光が眼前で合致し、甲高い金属音がひびいて、ふたりの刀身が上下に撥《は》ね返った。次の瞬間、菅井が二の太刀をはなった。神速の反応で、刀身を横に払ったのである。

ドスッ、という皮肉を打つ鈍い音がし、原山の上半身が前にかしいだ。菅井の峰打ちが、原山の腹を強打したのだ。

原山は手にした刀を取り落とし、両手で腹を押さえてその場にうずくまった。苦しげな呻《うめ》き声を上げている。

「動くな!」

菅井が原山の首筋に切っ先を突き付けた。

そこへ、源九郎や孫六たちが駆け寄った。

「原山を、椿の陰へ連れ込んでくれ」

源九郎が孫六たちに指示した。

六

「やはり、この場はまずいな」

源九郎たちは原山を連れて椿の陰にまわったが、大勢なので路地を通る者に気付かれそうだった。それに、話し声が聞こえるのではあるまいか。

「孫六、街道で駕籠《かご》を見つけてきてくれ」

源九郎が声をかけた。

「承知しやした」

孫六は平太を連れ、すぐにその場を離れた。

源九郎たちは原山を捕らえた後、中山道を通る空駕籠を見つけ、それに原山を乗せてはぐれ長屋まで連れ込むことにしていたのだ。ここは中山道に近いので、空駕籠も見つかるはずである。

捕らえた原山を、本郷からはぐれ長屋まで連れてくると大勢の目にとまり、池沢たちの耳に入って住処《すみか》を変える恐れがあった。それで、駕籠を使うことにしたのである。

駕籠を連れてくるのは、長屋を出るときから孫六と平太の役になっていた。ふたりは、岡っ引きに見せるために十手を持参してきた。ふたりは逃げた人殺しを追ってきて、この辺りで捕らえ、人殺しの仲間に知れないように駕籠に乗せて連行するように見せるつもりだった。

その場に残った源九郎たちは、原山の両腕を後ろにとって細引で縛り、猿轡《さるぐつわ》をかました。そして、源九郎が羽織を脱いで、原山の頭からかぶせた。こうすれば、騒ぎたてることはないだろう。

小半刻（三十分）ほどすると、孫六と平太がもどってきた。陽に灼《や》けて赭黒《あかぐろ》い顔をした駕籠かきがふたり、駕籠を担いで孫六たちの後ろからついてきた。先にたった孫六は、十手を手にしていた。長年、岡っ引きをやってきた孫六は、実際にこうした経験もあるらしく、若い手先を連れた岡っ引きに見えた。

源九郎と菅井はその場を離れ、すこし離れた場所から孫六たちの様子を見ていた。この場は孫六たちにまかせようと思ったのである。

捕らえた原山を駕籠に乗せて、中山道を湯島方面にむかった。駕籠の先棒の前に孫六と平太、後棒の後ろに茂次と三太郎がついた。源九郎と菅井は駕籠からすこし離れて、後からついていく。

原山を乗せた駕籠は昌平橋を渡り、中山道から柳原通りに出て両国橋を渡った。そして、相生町に入り、はぐれ長屋につづく路地の近くまで来ると、

「ここで、いいぜ」

孫六が駕籠かきに声をかけた。

孫六と平太とで原山を駕籠から出し、ふたりの駕籠かきに酒代をはずんで帰した。そして、捕らえた原山を、孫六たちだけで源九郎の家に連れ込んだ。用心のため、長屋まで駕籠を使わなかったのである。

「原山、ここはわしらの長屋だ。泣こうが叫ぼうが、おぬしらの仲間の耳にはとどかぬ」

源九郎はそう言ってから、原山の猿轡をとった。

原山は目をつり上げて源九郎を睨むように見すえたが、何も言わなかった。興奮と恐怖で、体が小刻みに顫えている。

「まず、わしらを襲った者の名を聞こうか」

源九郎がおだやかに切り出した。

「し、知らぬ」

原山が声を震わせて言った。

「原山、いまさら隠してどうなる。それとも、池沢たちがここに助けにきてくれるとでも思っているのか」

源九郎の声は静かだったが重いひびきがあった。

原山は顔をこわばらせて口をつぐんでいる。

「池沢たちが、ここに乗り込んでくるとすれば、おぬしの口を塞《ふさ》ぐために殺しにくるときだな。……ちがうか」

「……！」

原山の顔がひき攣《つ》ったようにゆがみ、体の顫えが激しくなった。

「わしらを襲った三人だが、おぬしと池沢、もうひとり総髪の武士がいたが、そやつの名は」

源九郎がそう訊くと、脇に立っていた菅井が、

「おれに似た居合を遣うやつだ」

と、原山を睨みつけて言った。

「し、知らぬ」

原山が顔をしかめた。

「原山、わしらはな、おぬしが総髪の武士と水田家を出て、いっしょに歩いているのを見ているのだぞ」

源九郎が口をはさんだ。源九郎が、実際に見ているわけではなかった。孫六といっしょに水田家の近くで聞き込んだとき、通りかかった武士から耳にしたことである。

「おれに似たやつの名は」

菅井が声を荒らげて訊いた。

「ふ、藤川平十郎《ふじかわへいじゅうろう》どの」

原山が声を震わせて言った。ここまで知られたら、隠しても無駄だと思ったのかもしれない。

「藤川平十郎だと……」

菅井が小首をかしげた。思いあたる者がいないらしい。

「藤川の居合は何流だ」

菅井が訊いた。菅井は田宮流だった。同門なら、名ぐらい聞いたことがあるはずだと思ったのだろう。

「藤川どのに、林崎流《はやしざきりゅう》と聞いた覚えがある」

「林崎流か」

林崎流をひらいたのは、林崎甚介重信《じんすけしげのぶ》である。菅井が身につけた田宮流の祖は、田宮平兵衛だった。田宮は林崎流を学んだ後、さらに修行して田宮流をひらいたのだから、田宮流も林崎流と同系列の流派とみていい。おそらく、藤川は江戸にある林崎流の道場に通って居合を身につけたのだろう。

「藤川は、牢人か」

源九郎が訊いた。藤川が総髪だったことから、牢人とみたのである。

「そうだ」

原山は隠さなくなった。すこし話したことで、隠す気が失せたらしい。

「藤川はどうして水田家とかかわりをもったのだ」

牢人の藤川が水田家に出入りするようになったのは、それなりの理由があるはずである。

「池沢どのが、道場で知り合ったと聞いている」

「どこの道場だ」

「本郷にある山中《やまなか》道場と聞いている」

「一刀流か」

源九郎は、本郷の菊坂町《きくざかちよう》に山中峰之助《やまなかみねのすけ》という男が、一刀流の町道場をひらいているのを知っていた。ただ、名を聞いたことがあるだけで、道場を見たこともない。

どうやら、池沢は山中道場の門弟だったようだ。それにしても、居合を遣う藤川が一刀流の道場で池沢と知り合ったのであろうか。

源九郎が訊くと、

「おれはくわしいことは知らないが、藤川どのは山中道場で寝起きしていたことがあるようだ」

「食客《しよつかく》か」

「そうらしい」

「それで、藤川の塒《ねぐら》はどこだ」

源九郎が語気を強くして訊いた。

「佐久間町らしい」

「佐久間町のどこだ」

神田佐久間町は、神田川沿いに長くひろがっており、佐久間町というだけでは探しようがなかった。

「お、おれは行ったことがないので、どこにあるか知らないのだ」

原山が声をつまらせて言った。

「どうやって、藤川と連絡していたのだ」

「池沢どのが、つないでいた」

「うむ……」

源九郎は、池沢を捕らえて話を聞けばはっきりするだろうと思った。

源九郎と菅井が口をつぐんだとき、

「お、おれを、どうするつもりだ」

原山が声を震わせて訊いた。

「おぬしには訊きたいことは、まだ山ほどあるが、後は小杉どのたちといっしょだな」

源九郎は、まだ肝心なことを訊いていなかった。

藤川たちは、なぜ松崎弥右衛門を襲って殺したのか、水田の指図があったのか、水田はどのような不正をしていたのか、等々である。ただ、こうしたことは、きよのためというより、幕府の目付筋の仕事にかかわってくる。それで、源九郎は御徒目付として事件を探っている小杉たちといっしょに、原山を訊問《じんもん》しようと思ったのだ。

七

源九郎たちが、原山を捕らえて訊問した三日後、源九郎の家に御徒目付の小杉と遠藤が姿を見せた。はぐれ長屋にきよと山倉が来たとき、山倉に話して小杉たちに連絡をとったのである。

また、孫六、茂次、平太、三太郎の四人は交替で、馬喰町にある池沢の住処を見張っていた。池沢の許に藤川が姿を見せるか、あるいは池沢が藤川の住処を訪ねるのではないかとみたのだ。どちらにしろ、跡を尾ければ藤川の居所が知れるはずである。

暮れ六ツ（午後六時）ごろだった。源九郎の家に集まったのは、源九郎と菅井、それに小杉と遠藤だった。源九郎たち四人は、後ろ手に縛られた原山を取りかこむように立った。

原山はだいぶ憔悴《しょうすい》していた。この三日間、原山は後ろ手に縛られて源九郎の家に閉じ込められていた。厠《かわや》にも連れていき、めしも食わせてやったが、食べ物はまともに喉を通らなかったようだ。

源九郎たちのいる座敷は薄暗かった。まだ、行灯に灯《ひ》が点《とも》ってなかったのだ。

「原山、まず訊く。なにゆえ、松崎さまを襲ったのだ」

小杉は、核心から訊いた。

すでに、源九郎から小杉と遠藤に、原山からこれまでに聞き取ったことを伝えてあったのだ。

「……」

原山は口をひらかなかった。肩を落とし、虚空に目をむけていた。体が小刻みに顫えている。

「水田麻右衛門に、依頼されたのではないか」

小杉は水田を呼び捨てにした。水田が事件の黒幕と確信したからであろう。

「そうだ……」

原山が肩を落としたまま答えた。すでに、源九郎たちの訊問に答えていたので、隠す気はないようだ。

「水田は、なぜ松崎さまを殺そうとしたのだ」

さらに、小杉が訊いた。

「お、おれは、知らぬ。理由《わけ》など聞かなかった」

原山が顔をしかめた。

「相手が、松崎さまと知っての上で襲ったのだな」

「名は聞いていた」

「名を聞いただけで、理由も知らずに襲ったのか」

小杉の声には、怒りのひびきがあった。

「お仕えしている水田さまに頼まれ、断れなかったのだ」

原山が答えると、小杉はけわしい顔で原山を見すえ、

「いっしょに襲った池沢茂三郎も、水田家に仕えているのか」

と、声をあらためて訊いた。

「そうだ。……池沢は若いころから、水田さまに奉公している」

「水田は、おぬしらといっしょに襲った藤川とも会ったのか」

「何度か、屋敷で会ったはずだ」

「うむ……」

小杉はそこで言葉を切り、源九郎に顔をむけて、「つづけていいか。何か気付いたことがあれば、訊いてくれ」と小声で言った。

「いや、小杉どのがつづけてくれ」

源九郎が言うと、脇に立っていた菅井もうなずいた。

「では、山岸屋のことを訊くぞ」

小杉はあらためて原山に目をむけた。

「日本橋室町にある山岸屋を知っているな」

「…………」

原山は無言でうなずいた。

「水田は、山岸屋のあるじの弥兵衛と会っていたのではないか」

「会っていたようだ」

「店だけでなく、他の場所でも会っていたな」

小杉が語気を強くして言った。

「柳橋や浅草の料理屋などで会っていたようだ」

「おぬしも、同行したことがあるな」

「ある。池沢もな」

原山によると、柳橋のつた屋と浅草茶屋町《ちゃやまち》にある吉松屋《よしまつや》に、水田の供としていったことがあるという。つた屋も吉松屋も、老舗《しにせ》として知られた料理屋だった。

「どんな話をしたのだ」

「殿がどんな話をされたか、おれには分からない」

原山は供として従っただけで、水田たちの酒席にはくわわらず、別の座敷で飲んでいたという。

「池沢も別の座敷か」

すぐに、小杉が訊いた。

「そうだが、池沢だけが殿のそばにつくこともあった。おれより、池沢の方が腕がたつからな」

「池沢は、水田と山岸屋の席にくわわることもあったのではないか」

「あったかもしれない」

「池沢からも、話を聞いてみねばならないが、どうかな」

そう言って、小杉が源九郎に目をむけた。池沢を捕らえることができるか、訊いたのである。

「池沢の居所は分かっているが、もうすこし待ってくれないか」

源九郎が、藤川の居所をつかむために、池沢を泳がせていることを言い添えた。源九郎や菅井は、何とかしてきよに父の敵を討たせてやりたかったのだ。そのためにも、藤川の居所をつきとめねばならない。

「承知した。われらは、つた屋と吉松屋にあたってみる」

小杉が言うと、遠藤も顔をひきしめてうなずいた。

「原山はどうする」

源九郎が訊いた。

「われらが、連れていってもいいかな。念のため、この男から口上書《こうじょうが》きをとっておきたいのだ」

「そうしてもらえると、ありがたい」

源九郎は、原山を監禁しておくのに手を焼いていたのだ。自分のめしを炊くのさえ面倒な源九郎にとって、原山ほど手のかかる者はいなかったのである。

第四章　賄賂

一

「お師匠、藤川平十郎の居所が知れましたか」

きよが、けわしい顔をして菅井に訊《き》いた。

はぐれ長屋のそばの空き地に、菅井、きよ、山倉、それに源九郎の姿があった。御徒目付《おかちめつけ》の小杉たちが長屋に来てから三日経っていた。一昨日、菅井はきよと顔を合わせたとき、松崎を斬った居合の遣い手が、藤川平十郎という名であることを知らせたのである。

「まだだ」

菅井は、長屋の者が、藤川の居所をつかむために池沢の住処《すみか》を見張っていることを言い添えた。

「お師匠、わたしも池沢の見張りをします」

きよがきつい顔をして言った。

「きよが、見張るのか」

「そうです。長屋のみなさんの世話になってばかりで、もうしわけないのです」

きよが、切羽詰まったような顔をして言った。

「きよ、藤川の遣う居合を見たな」

めずらしく、菅井が顔をけわしくした。

「は、はい」

「やつの居合に勝てるか」

「……！」

きよが、息をつめたまま首を横に振った。

「父の敵を討たなくていいのか」

「か、敵は討ちます！」

きよが、声を上げた。

「ならば、懐剣の稽古をつづけるしかないぞ。いまのままでは、藤川の居所をつかんでも敵を討つどころか、返り討ちに遭《あ》う」

菅井は、きよの懐剣の腕では、何年稽古をつづけても藤川を討つのはむずかしいとみていた。菅井は藤川の助太刀するつもりだが、それでもいまのままではむずかしい。きよが下手に藤川の居合の間合に入ったりすれば、すぐに討たれる。

「きよ、藤川を討つための稽古をするぞ」

菅井が強い口調で言った。

「はい！」

きよが目を剝《む》いて応えた。

「おれを藤川と思え」

菅井はそう言って、きよと向き合った。

「きよ、迂闊《うかつ》に藤川に近付くな。三間ほどの間合をとったまま向き合って、懐剣を構えるのだ」

「はい」

きよは、懐剣を手にして身構えた。菅井から、三間ほどの間合をとっている。

「そうだ。この間合でいい。この間合なら、藤川が抜いても切っ先がとどかない。……藤川は、こうやって間合をつめてくるぞ」

菅井は居合の抜刀体勢をとったまま摺《す》り足で間合をつめ、抜刀の気配を見せた。

すると、きよがスッと身を引いた。菅井が抜き付けようとする一瞬をとらえて、身を引いたのだ。

「いい引きだぞ。この間合を保てば、藤川の切っ先はとどかないはずだ」

きよの間合の取り方が、だいぶうまくなってきた。

「ですが、これでは逃げるばかりで、藤川を討つことはできません」

きよが、不満そうな顔をした。

きよの言うとおりだった。これまで、菅井はきよに藤川の居合の抜き付けの一刀をどうかわすか、それだけを教えてきたのである。

「よし、今日は居合の弱点を教える」

「弱点ですか」

「そうだ、弱点をつけば、居合に勝てる。……おれが、藤川になって居合で抜き付ける。その瞬間、おれの右手にまわるのだ。素早くな」

「……！」

きよが、顔をけわしくしてうなずいた。

菅井ときよは、三間ほどの間合をとって対峙《たいじ》した。菅井は居合の抜刀体勢をとり、きよは懐剣をかまえている。

「いくぞ！」

菅井が摺り足できよとの間合をつめ、居合を抜き付ける間合に入ると、抜刀の気配を見せた。

スッ、ときよが身を引いた。ほぼ同時に、菅井が裂帛《れっぱく》の気合を発して抜き付けた。シャッ、という刀身の鞘走《さやばし》る音がし、逆袈裟《ぎゃくげさ》に閃光《せんこう》がはしった。

菅井の切っ先は、きよの胸元をかすめるようにはしって流れた。きよは身を引いて、菅井の抜き付けの一刀をかわしたのである。

「すぐに、右手にまわれ！」

菅井が声をかけた。

きよは、すばやく菅井の右手にまわった。菅井は、抜き付けた恰好《かっこう》のまま動きをとめ、

「見てみろ。おれの右手は、隙だらけだろう」

と、きよに言った。

菅井は腰を沈め、右手で刀を振り上げていた。右手と後方は、無防備だった。

斬り込めば、右肩なり脇腹なり、容易にとらえることができそうだ。

「は、はい」

「きよ、藤川は居合で袈裟に斬り下ろす。肩先と脇腹あたりに隙ができるはずだ。その隙をとらえ、すばやく踏み込んで懐剣で脇腹を突け」

「……！」

きよは、目をつり上げてうなずいた。

「もう一度、やるぞ」

菅井は刀を鞘に納めてきよと向き合った。

菅井は、きよが藤川の右手にまわり込んで、脇腹を刺せるとはみていなかった。藤川ほどの遣い手になれば、きよが右手にまわり込むより速く、体をきよにむけて斬り込むはずである。

だが、菅井は藤川が抜刀した瞬間をとらえ、藤川の前にまわり込むつもりでいた。きよと入れ替わるのである。そうすれば、藤川はきよに体をむけることができなくなる。体をきよにむければ、菅井の居合の斬撃を受けることになるからだ。

菅井ときよは、ふたたび対峙した。そして、きよは菅井が抜き付けた一瞬をとらえて、右手にまわった。

半刻（一時間）もつづけたろうか。菅井ときよの顔が汗でひかり、きよの息が荒くなってきたとき、空き地に茂次が姿を見せた。

二

そのとき、源九郎は山倉と打ち合いの稽古をしていたが、茂次を目にすると、手にした木刀を下ろした。菅井ときよは、稽古をつづけている。

「山倉、ここにいてくれ」

源九郎はそう声をかけ、茂次に近付いた。

「旦那、藤川の塒《ねぐら》が知れやしたぜ」

茂次が小声で言った。

「佐久間町か」

源九郎は、藤川の住処が佐久間町にあることは聞いていた。

「へい、やつが池沢の塒に姿を見せやしてね。跡を尾《つ》けたんでさァ」

「借家か」

源九郎は、藤川が長屋住まいとは思えなかった。それに、武家屋敷に寝泊まりしていることもないだろう。

「借家に、情婦《いろ》らしい年増《としま》と住んでいやす」

茂次によると、年増はおれんという名だという。

「それで、孫六たちは」

「とっつァんは、藤川の塒を見張ってまさァ」

茂次によると、姿を見せた藤川の跡を孫六とふたりで尾け、孫六はそのまま藤川の塒を見張っているという。

「すぐに、手を打つ。いったん、茂次と孫六は長屋に引き上げてくれ」

源九郎が言った。

「池沢の塒はどうしやす」

いま、三太郎が池沢の住む借家を見張っているはずだという。

「あらためて、池沢の塒を見張ってもらうことになるが、とりあえず三太郎も長屋にもどるよう伝えてくれ」

「承知しやした」

茂次は、すぐにその場を離れた。

源九郎は、ふたたび山倉と打ち合いの稽古を始めた。それから、半刻（一時間）ほど稽古して源九郎たちが木刀を下ろすと、菅井たちも稽古をやめた。すでに、きよの顔は汗まみれで、息も上がっている。

源九郎たち四人は、いったん長屋にもどった。菅井の家で一休みしてから、きよと山倉は駿河台に帰ることになる。

「山倉、また小杉どのに、長屋に来るように伝えてくれんか」

源九郎は小杉に会って、藤川の住処が知れたことを話すつもりだった。

翌日の午後、小杉と遠藤が源九郎の家に姿を見せた。菅井は空き地に出て、きよと山倉に剣術の指南をしていた。源九郎が、菅井に山倉の稽古も頼んだのである。

小杉と遠藤が座敷に腰を落ち着けると、

「藤川平十郎の住処が知れたよ」

源九郎が切り出した。

「知れたか！」

小杉が身を乗り出すようにして言った。

このごろ、小杉は源九郎や菅井に対して鄭重《ていちょう》な言葉は遣わなくなった。いっしょに探索にあたっているうちに、仲間意識が強くなったからである。それに、源九郎や菅井も、小杉に対して長屋の住人と変わらないような物言いをしたのだ。

「佐久間町の借家に住んでいるようだ」

「ならば、池沢を捕らえることができるな」

源九郎たちは、藤川の住処をつきとめるために池沢を泳がせていたのだ。藤川の居所が知れれば、池沢を捕らえることができる、と小杉はみたようだ。

「捕らえてもかまわん」

源九郎が言った。

「捕らえた池沢の身は、われらがあずかりたいが」

「そうしてくれ」

おそらく、小杉たちは池沢を捕らえて吟味《ぎんみ》し、水田と山岸屋のかかわりを訊き出すはずである。

「それで、いつやるかな」

源九郎が訊いた。

「早い方がいい。明日は、どうかな」

小杉は、目付筋の者を十人ほど集めるという。

「わしらは、明日でもかまわん。池沢を捕らえるとき、わしらもくわわるつもりだ」

源九郎は、これまで長屋の者が池沢の住処を見張ったり、跡を尾けたりしてきたので、捕縛のおりもくわわろうと思った。それに、池沢は腕がたつので、下手に捕らえようとすると目付筋の者から犠牲者が出るだろう。

「そうしてもらえると、ありがたい」

小杉が、ほっとしたような顔をした。

「ところで、水田と山岸屋のかかわりだが、何か出てきたかな」

源九郎が声をあらためて訊いた。小杉たちは、柳橋のつた屋と浅草の吉松屋を探っていたはずである。

「まだ、はっきりしたことは分からないが、水田は山岸屋の弥兵衛と幕府の御用達のことで密会していたらしい」

小杉によると、配下の御小人《おこびと》目付を使い、つた屋と吉松屋の女中、包丁人、若い衆、それに馴染《なじ》み客などに当たって聞き込んだ結果、つた屋の座敷女中や若い衆の話から、弥兵衛が水田にお仕着せを山岸屋で扱えるように頼んでいるのをつかんだという。

「当然、弥兵衛から水田に多額の金が渡されたはずだ」

小杉が声をひそめて言い添えた。

「御用達となって、幕府のお仕着せを扱うことは、それほど儲《もう》かるのか」

「お仕着せを納入したからといって、それほど儲かるわけではないだろう。……何の不正もなければな」

「何か不正があるのか」

「まだ、分からない。……それに、御用商人にとって何より大事なのは、箔《はく》が付き、信用を得られることなのだ。幕府の御用を承っているというだけで、確かな品物を扱っているとみてくれるからな。……町人だけでなく武家も店に来てくれるるし、多少高くても買ってくれる」

「商いとは、そんなものか」

商家にとって御用達という肩書きがいかに大事であるか、源九郎も分かったような気がした。

それから、源九郎と小杉は、明日の手筈《てはず》を相談した。池沢は馬喰町の借家に住んでいたので、郡代屋敷のそばにある馬場に集まることにした。馬場から、池沢の住む借家まで近かったのだ。また、集まるのは、陽の沈むころにした。捕らえた池沢は、御徒町《おかちまち》にある小杉の屋敷に連れていくことにしたが、暗くならないと人目につくからである。

「では、明日」

そう言い残し、小杉と遠藤が腰を上げた。

三

空は厚い雲でおおわれていた。まだ、七ツ半（午後五時）ごろだったが、辺りは夕暮れ時のように薄暗かった。

馬喰町の馬場の近くの路傍に、九人の男が集まっていた。小杉たち目付筋の者が七人、源九郎と菅井、それに茂次の姿もあった。小杉と遠藤が長屋に来たとき、小杉が目付筋の者を十人ほど集めると言ったが、源九郎が帰りがけに、「相手は池沢ひとりだ、五、六人で十分だよ」と声をかけた。それで、小杉は遠藤の他に、五人の御小人目付を連れてきたのだ。

「そろそろだな。茂次、案内してくれ」

源九郎が茂次に声をかけた。

「こっちで」

茂次が先にたった。

源九郎たちは、表通りをいっとき南にむかって歩いてから細い道に入った。そこは寂しい道で、空き地や笹藪《ささやぶ》などが目についた。

茂次は笹藪の脇に足をとめ、

「そこの欅《けやき》の斜向《はす》かいにあるのが、池沢の塒でさァ」

と言って、指差した。

路傍に太い欅が枝葉を茂らせていた。その斜向かいに、借家ふうの仕舞屋《しもたや》があった。ときおり付近の住人らしい者が通ったが、あまり人影はなかった。

「三太郎は」

源九郎が訊いた。三太郎が、借家を見張っているはずである。

「呼んできやす」

茂次は小走りに借家にむかった。

茂次は欅の幹の陰にまわり、三太郎を連れてもどってきた。三太郎は欅の陰に身を隠して、池沢の住む借家を見張っていたらしい。

茂次と三太郎がそばに来ると、

「池沢はいるか」

すぐに、源九郎が訊いた。いなければ、池沢が家にもどるまで、付近に身を隠して待つことになる。

「いやす」

三太郎によると、半刻（一時間）ほど前、借家の前を通って確かめたとき、家のなかから男と女の声が聞こえたという。

「男は池沢で、女はお秋《あき》という名でさァ」

三太郎は、池沢がお秋と呼ぶのを耳にしたそうだ。

「女はどうする」

源九郎が小杉に目をやって訊いた。

「女を、家に残しておけないな。水田家の者に、池沢が捕らえられたことを話すだろう」

「お秋も捕らえましょう」

小杉の脇にいた遠藤が、身を乗り出して言った。

「家に踏み込んで、ふたりを捕らえるしかないな。外に引き出せればいいが、出てこないだろう」

源九郎は、ふたりを外に連れ出すのはむずかしいとみた。

「踏み込もう」

小杉が言うと、そばにいた目付筋の者たちがうなずいた。

源九郎たちは、その場で相談し、小杉、遠藤、源九郎、菅井、それに腕のたつ御小人目付の市山助三郎《いちやますけさぶろう》が、家に踏み込むことになった。残った者は、家の表と裏手をかためるのである。

「いくぞ」

小杉が声をかけた。

この場の指揮は、小杉がとることになっていたのだ。

源九郎たちは足音を忍ばせて、借家の戸口にむかった。表の板戸はしまっていたが、戸締まりはしてないだろう。

戸口の前まで来ると、茂次と御小人目付のふたりが、家の脇をまわって裏手にまわった。背戸をかためるのである。

「踏み込むぞ」

小杉が声をかけ、引き戸をあけた。

家のなかは薄暗かった。狭い土間があり、その先が狭い板間になっていた。板間につづいて座敷があり、池沢と年増が茶を飲んでいた。年増はお秋であろう。

「華町たちか!」

叫びざま、池沢がいきなり湯飲みを投げ付けた。

湯飲みは源九郎たちの後ろの板戸にあたって砕け、破片と茶が土間に飛び散った。

池沢は脇に置いてあった大刀を手にして立ち上がり、抜刀して切っ先を源九郎たちにむけた。顔がこわばり、目がつり上がっている。

小杉と源九郎も抜刀し、菅井は居合の抜刀体勢をとった。

ヒッ、ヒッ、とお秋が喉のつまったような悲鳴を上げ、座敷を這《は》って部屋の隅に逃れた。

「池沢、神妙にしろ!」

小杉が抜き身を手にして叫んだ。

「おのれ!」

いきなり、池沢が刀を振り上げ、源九郎たちに迫ってきた。源九郎に斬られた右腕の傷は、たいしたことはなかったらしい。

源九郎は、素早い動きで板間に踏み込んだ。土間に立っていて、板間から攻撃されると不利である。源九郎につづいて、菅井と小杉も板間に上がった。

イヤアッ！

甲走《かんばし》った気合を発し、池沢が源九郎にむかって袈裟に斬り込んだ。

咄嗟《とっさ》に、源九郎は手にした刀を撥《は》ね上げた。

キーン、という金属音がひびき、池沢の刀身が撥ね返った。同時に、池沢の両腕が上がって、胴があいた。

この一瞬の隙を、菅井がとらえた。

シャッ、という刀身の鞘走る音がし、菅井が抜き付けた。閃光が逆袈裟にはしった次の瞬間、池沢は刀を取り落として、後ろへよろめいた。

菅井の抜き付けの一刀が、池沢の右の前腕をとらえたのである。

これを見た小杉は、すばやく池沢に迫り、

「動くな！」

と声を上げ、切っ先を池沢の喉元につきつけた。

池沢が動きをとめると、

「山口《やまぐち》、田代《たしろ》、池沢に縄をかけろ」

小杉が声をかけた。山口と田代は、小杉が連れてきた御小人目付である。

ふたりは、手早く池沢の両腕を後ろにとって細引きで縛った。なかなか手際がいい。そうしているところに、背戸にまわった三人も駆け付け、座敷の隅で身を顫《ふる》わせていたお秋にも縄をかけた。

源九郎たちは辺りが暗くなるのを待って、捕らえた池沢とお秋を家の外に連れ出した。

四

納屋のなかに置かれた燭台《しょくだい》の灯《ひ》に、五人の顔が浮かび上がっていた。源九郎、菅井、小杉、遠藤、それに捕らえてきたお秋である。

そこは、御徒町にある小杉の屋敷の裏手にある納屋だった。小杉たちは、まずお秋から話を聞くことにした。いっしょに捕らえた池沢は、納屋の外にいた。山口たち四人の御小人目付が取りかこんでいる。

茂次と三太郎は、馬喰町からはぐれ長屋に帰っていた。御徒町まで、源九郎たちと同行する必要はなかったのである。

納屋には壊れた長持ち、板戸、古簞笥《ふるたんす》などが雑多に積まれ、埃《ほこり》をかぶっていた。黴《かび》の臭いがする。

「お秋か」

小杉が穏やかな声で訊《き》いた。

「は、はい……」

お秋は恐怖に顔色を失い、身を顫わせていた。

「おまえは、何か悪いことをしたわけではない。包み隠さず話せば咎《とが》められることはないが、隠せば池沢と同罪とみなされ、首を斬られるかもしれんぞ」

小杉は静かな声で言ったが、燭台の灯に浮かび上がった顔は赤く爛《ただ》れたような色をし、何とも不気味だった。

「か、隠さず、お話しします」

お秋が顫えながら言った。

「では訊くぞ。藤川平十郎という武士を知っているか。馬喰町の家に来たことがあるはずだ」

「知っています」

「藤川と池沢は、旗本の水田さまのことを話したことはないか」

「あります」

「どんなことを話したか、覚えているかな」

「お屋敷のこととか……。料理屋さんにいったことなど、話してました」

お秋が答えた。隠す気はないようである。

「料理屋は、つた屋と吉松屋ではないか」

「そうです」

「ふたりが話したことを、何か覚えていないかな」

「料理のこととか、浅草寺の人出のこととか……」

お秋は首をひねった。あまり記憶に残っていることはないようだ。

「料理屋のことの他に、話したことはないのか」

さらに、小杉が訊いた。

「剣術道場の話を聞いたことがあります」

お秋がそう言ったとき、脇にいた源九郎が、

「本郷にある山中道場のことではないか」

と、口をはさんだ。

「そうです」

「どんな話だったか、覚えているかな」

源九郎も穏やかな声で訊いた。

「山中さまに、手を借りよう、と藤川さまが口にされたのを覚えています」

「手を借りるとな」

どうやら、池沢と藤川は源九郎たちを討つために、山中道場の者の手を借りるつもりでいるようだ。

「日本橋に山岸屋という呉服屋があるのだが、店の者が来たことはないかな」

源九郎が口をつぐむと、すぐに小杉が訊いた。

「あります」

「山岸屋のだれかな」

「峰次郎《みねじろう》さんという手代です」

「峰次郎な」

小杉は、それ以上峰次郎のことは訊かなかった。使いで来ただけだろう、と小杉はみたようだ。

「他に訊くことはあるかな」

小杉が、源九郎と菅井に目をむけて訊いた。

源九郎たちが首を横に振ると、小杉は遠藤に指示し、お秋にかわって池沢を連れてこさせた。

「池沢、ここに座れ」

小杉は、池沢を納屋の土間に座らせた。

池沢は苦痛に顔をしかめていた。右袖が血に染まっている。菅井に斬られた右腕が痛むのかもしれない。

「池沢、こうなったら観念するのだな」

小杉が池沢を見すえて言った。

「……」

池沢は口をとじたまま顔を伏せてしまった。

「おぬしから、あまり訊くことはないのだ。原山とお秋が、おれたちの知りたいことをだいぶ話してくれたのでな」

「ならば、おれをここから出せ」

池沢が吐き捨てるように言った。

「そうはいかぬ。まだ、われらが知りたいことが、残っているのでな。……松崎さまを斬ったのは、水田の指示だな」

小杉が語気を強くして訊いた。すでに、このことは原山から聞いていたので、念を押したのである。

「そうだ」

池沢は否定しなかった。

「水田は、なぜ松崎さまを殺そうとしたのだ」

さらに、小杉が訊いた。原山は、水田が松崎を殺そうとした理由を話さなかった。原山は知らなかったのである。

「松崎さまの口を塞《ふさ》ぐ必要があったからだ」

池沢は隠そうとしなかった。これ以上、水田を守る気はないのかもしれない。

「なぜ、口を塞ぐ必要があったのだ」

「くわしいことは知らないが、山岸屋から水田さまに渡った金の流れを探られたからではないかな」

「金はどう流れたのだ」

「おれは知らん。……山岸屋のあるじの弥兵衛か、番頭の甚蔵に訊いてみろ」

池沢が顔をしかめて言った。

「手代の峰次郎も、知っているのではないか」

小杉は、お秋から聞いた峰次郎の名を口にしてみた。

「そこまで知っているなら、おれに聞くこともあるまい」

池沢は、また顔を伏せてしまった。

「今夜のところは、これまでにするか」

そう言うと、小杉は源九郎たちに、他に訊くことはないか確かめてから訊問《じんもん》を終えた。

「おれをどうする気だ」

池沢が顔を上げて訊いた。

「しばらく、ここにいてもらう」

小杉は、池沢から口上書《こうじようが》きをとるつもりだったのだ。

五

その夜、源九郎たちがはぐれ長屋に帰ると、源九郎の家に灯が点《とも》っていた。だれかいるらしい。

源九郎と菅井は、腰高障子をあけた。座敷にいたのは、孫六、平太、茂次、三太郎の四人である。

「待ってやしたぜ」

孫六が源九郎と菅井の顔を見るなり言った。

「何があったのだ」

源九郎と菅井は、座敷に上がった。

「藤川が塒を出たんでさァ」

孫六がうわずった声で言った。孫六と平太は、佐久間町にある藤川の住処を見張っていたのだ。

「それで、どうした」

源九郎が訊いた。

「あっしと、平太とで跡を尾けやした。やろう、小石川の水田家の屋敷に入《へえ》りやした」

水田家の屋敷が、小石川にある水戸家の屋敷の近くにあることは、源九郎たちも知っていた。すでに、源九郎は水田の屋敷を見ていたのだ。

「屋敷に入ったまま出てこねえんでさァ」

平太が言い添えた。

「すると、藤川はいまも水田の屋敷にいるのだな」

「そのはずでさァ」

「すぐに、藤川を討つことはできないな」

源九郎は、水田家に押し入って、きよが敵として藤川を討つのはむずかしいとみた。池沢の次は藤川を討つ番だと思っていたが、藤川が水田の屋敷を出るまで待たねばならないだろう。

「華町、焦ることはないぞ。藤川は水田の屋敷に籠《こも》っているわけではあるまい。それに、きよもうすこし稽古をせねば、敵を討つどころか、返り討ちに遭う」

菅井が言った。

「それもそうだな」

源九郎も、藤川が長く水田の屋敷に籠っているとは思えなかった。

翌日、源九郎はひとりではぐれ長屋を出ると、本郷に足をむけた。源九郎は、本郷にある一刀流の山中道場に行くつもりだった。お秋から聞いた、藤川が山中道場の者に手を借りよう、と口にしたことが気になっていたのだ。原山の話では、池沢は山中道場の門弟だったようだし、藤川も山中道場に出入りしていたようなのだ。

道場主の山中峰之助に直接会って話を聞くのはむずかしいが、門弟をつかまえて話を聞くことはできるだろう。

源九郎は柳原通りから中山道に出て本郷にむかった。そして、加賀百万石、前田家の上屋敷の手前で左手におれ、武家屋敷のつづく通りに入った。その通りを北方にむかえば、菊坂町《きくざかちょう》に出られる。

菊坂町は町人地だった。通り沿いには、八百屋、舂米屋《つきごめ》、酒屋などがつづいていたが、通行人のなかには武士の姿もあった。菊坂町の近くは武家地がひろがり、旗本や御家人の屋敷が多かったからである。

菊坂町の通りをいっとき歩いたが、剣術道場は見当たらなかった。源九郎は訊いた方が早いと思い、通りかかった御家人らしい武士に山中道場はどこか訊くと、三町ほど歩いた先にあると教えてくれた。

教えられたとおりに行ってみると、通り沿いに剣術道場らしき建物があり、気合や竹刀を打ち合う音が聞こえた。稽古中らしい。道場としてはちいさく、稽古している門弟も大勢ではないようだ。

源九郎は路傍に足をとめた。稽古を終えて、道場から出てくる門弟をつかまえて話を聞いてみようと思ったのだ。

源九郎が路傍に立って小半刻（三十分）ほど経つと、竹刀を打ち合う音が聞こえなくなった。稽古が終わったようである。

それからいっときすると、道場の戸口から門弟らしい若い武士が、ひとり、ふたりと通りに出てきた。

……あのふたりに、訊いてみるか。

源九郎は、こちらに歩いてくるふたりの武士に目をとめた。ふたりとも、小袖に袴姿で刀袋を手にしていた。

「しばし、お待ちくだされ」

源九郎が声をかけた。

「それがしたちでござるか」

年嵩《としかさ》と思われる長身の武士が、足をとめて訊いた。

「さよう、そこにあるのは、山中道場でござるかな」

源九郎が指差した。

「そうですが」

長身の武士が、訝《いぶか》しそうな顔をした。

「ちと、訊きたいことがあるのだが、歩きながらで結構でござる」

そう言って、源九郎が歩きだすと、ふたりの武士は黙ってついてきた。

「実は、山中道場に藤川平十郎どのが出入りしていたと耳にしたのだが、まことかな」

源九郎は藤川の名を出した。

「藤川どの……」

長身の武士が首をひねった。

「居合の遣い手でござるが」

「ああ、居合の藤川どのですか」

長身の武士の顔に、嫌悪の色が浮いた。もうひとりの丸顔の武士も顔をしかめた。どうやら、ふたりは藤川のことを嫌っているようだ。

「藤川どのは、門弟でござるか」

源九郎は、原山から聞いたとき、藤川は食客《しょっかく》らしいと思ったのだが、あえて門弟かどうか訊いたのである。

「門弟ではありません。お師匠の住む家に寝泊まりしていたようです。いまは、いませんが」

長身の武士が言った。

やはり、藤川は山中道場の食客だったようだ。

「道場の稽古にも、出られたのかな」

「藤川どのは、剣術もなかなかの遣い手でしてね。道場の稽古にも出てましたよ。それに、門弟が望めば居合を指南してたようです」

「そうか」

「ところで、貴公は藤川どのを探しておられるのか」

長身の武士が訊いた。

「実は、それがし、水田麻右衛門さまともうされる旗本の屋敷に、呼ばれてましてな。藤川どのとともに、水田さまにお仕えする方々に剣術の指南をすることになったのです。指南といっても、いっしょに稽古するだけですがな。それで、藤川どののことを訊いてみたんですよ」

源九郎は適当な作り話を口にした。

「水田さまなら知ってますよ」

長身の武士が言った。

「ご存じか」

「水田さまは、若いころ山中道場の門弟だったことがあるそうで、一月《ひとつき》ほど前に道場に見えられ、お師匠と話しておられましたよ」

「それで、水田さまは藤川どのも知っておられたのか」

源九郎は、水田と藤川のつながりが読めた。山中道場を通して、ふたりは知り合ったのだろう。藤川だけではない。原山や池沢とも山中道場でつながったにちがいない。しかも、藤川が、山中道場の者に手を借りようと口にしたことからみて、さらに腕のたつ門弟を仲間にくわえようと思っているのではあるまいか。

……早く、手を打った方がいいな。

源九郎が、胸の内でつぶやいた。

源九郎の話がとぎれると、長身の武士が、

「われらは急ぎますので、これで」

そう言い残し、丸顔の武士とともに逃げるように源九郎から離れていった。余分なことを話し過ぎたと思ったのかもしれない。

六

「手代の峰次郎から、話を聞きたいのだがな」

小杉が言った。

はぐれ長屋の源九郎の家だった。座敷には、源九郎、菅井、小杉、遠藤の四人が座していた。八ツ半（午後三時）ごろである。菅井と源九郎が、きよと山倉との剣術の稽古を終え、ふたりを帰した後、小杉たちが長屋に姿を見せたのだ。

「できれば、峰次郎を捕らえたい」

小杉が言い添えた。

「峰次郎のことで、何か分かったのか」

源九郎が訊いた。小杉たちは、その後もお秋と池沢を訊問したようだし、配下の御小人目付たちを使って山岸屋の探索もつづけていたのだ。

「山岸屋の奉公人に話を聞いて分かったのだがな、手代の峰次郎は、池沢だけでなく藤川との連絡にもあたっていたようなのだ。それに、峰次郎はあるじの弥兵衛といっしょに吉松屋やつた屋にもいったことがあるらしい」

「手代の峰次郎か」

源九郎も、峰次郎なら山岸屋の不正も知っていそうだと思った。

「よし、手代の峰次郎を捕らえよう」

菅井が声を大きくして言った。

「手を貸してくれるか」

小杉が源九郎と菅井に目をむけて訊いた。

「むろんだ」

「それで、いつやる」

菅井が小杉に訊いた。

「いつでもいいが、山岸屋に踏み込んで、峰次郎を捕らえることはできないのだ。わしらは、町方ではないからな」

小杉たちは、山岸屋に踏み込むのは避けたいようだ。

「早い方がいいが……。峰次郎を店の外に連れ出すか、店から出るのを待って押さえるしかないな」

源九郎が言い添えた。

「店の外に連れ出そう」

菅井は乗り気になっている。

「小杉どの、峰次郎の顔を知っている者がいるかな」

源九郎が訊いた。

すると、小杉の脇に座していた遠藤が口をはさんだ。

「それがし、峰次郎を知っています。山岸屋の近くで近所の住人から話を聞いているとき、ちょうど山岸屋の手代が通りかかり、あの男が峰次郎だと教えてもらったのです」

「ならば、遠藤どのに頼むか」

源九郎はそう言ってから、いっとき虚空に視線をとめて黙考していたが、

「きよどのの手も借りるかな」

とつぶやいて、口許に笑みを浮かべた。

翌日、源九郎、菅井、きよ、山倉、小杉、遠藤、それに孫六と平太の八人が、日本橋室町にある山岸屋にむかった。きよは、身分のある武家の娘らしい身装《みなり》をしていた。遠藤は羽織袴姿で、二刀を帯びている。まだ若いが、御家人か、旗本に仕える家士のようである。

源九郎は歩きながら、きよに、峰次郎を店の外に連れ出す手筈を話し、

「これも、父上の敵を討つためだ」

と、言い添えた。

「はい」

きよは、顔をけわしくしてうなずいた。

源九郎たちは、賑やかな中山道を日本橋方面にむかい、室町にある山岸屋の近くまで来て足をとめた。

源九郎は日本橋通りに目をやりながら、きよと遠藤に、

「そこの路地の前まで、峰次郎を連れてきてくれ。後は、わしらがうまくやる」

と言って、木綿屋の店の脇の路地を指差した。店の脇に「木綿類品々、太田《おおた》屋《や》」の立て看板が出ていた。

「心得ました」

遠藤が言うと、きよがうなずいた。

「きよ、黙ったままでいいぞ。遠藤どのに、まかせろ」

そう言って、源九郎はきよと遠藤を送りだした。源九郎はきよがしゃべると、峰次郎に気付かれるのではないかと思ったのだ。

源九郎たち六人は、いったん太物《ふともの》問屋の脇の路地に入った後、交替で表通りに出ると通行人を装って山岸屋の前を行き来した。大勢の人が行き交っているので、源九郎たちに不審の目をむける者はいなかったし、山岸屋に入ったきよと遠藤の様子を窺《うかが》うこともできる。

遠藤ときよは山岸屋の暖簾《のれん》をくぐると、店内に目をやった。

店内は賑わっていた。土間の先にひろい畳敷きの売り場があり、何人もの手代

が客を相手に反物を見せたり、話をしたりしていた。また、丁稚《でっち》たちは反物の入った木箱や客に出す茶を運んだりしている。売り場の左手の奥には帳場格子があり、番頭らしい男が帳場机を前にして帳簿をめくっていた。

遠藤は、売り場を見渡した。峰次郎の姿を探したのである。峰次郎は売り場の右手にいた。折よく、峰次郎は商家の新造らしい女を送り出すところだった。峰次郎は、三十がらみであろうか。鼻筋のとおった端整な顔をしていた。

「きよどの、いま土間に下りたのが、峰次郎です」

遠藤がきよに身を寄せ、小声で言った。

きよは、峰次郎を睨《にら》むように見すえてうなずいた。

そこへ、手代らしい別の男が揉《も》み手をしながら近寄ってきて、

「いらっしゃいまし」

と、笑みを浮かべて声をかけた。

「娘にな、着物でも誂《あつら》えようと思ってな」

遠藤がきよに目をやって言った。

「さようでございますか。当店には、お嬢さまに気に入っていただけるような品がそろっております。どうぞ、お上がりになってくださいまし」

手代が腰をかがめたまま言った。

「実は、以前、振り袖を誂えたときに世話になった者がいてな。……いま、店にもどってきた峰次郎という手代なのだが、また世話になるわけには、まいらぬかな。ここにいる娘も、峰次郎が気にいっているようなのだ」

遠藤がそう言うと、きよは恥ずかしげな顔をして下を向いてしまった。そのぎこちない素振りが、初《うぶ》な娘を思わせた。

「左様でございますか。すぐに、峰次郎と替わります」

そう言い残し、手代は峰次郎のそばに身を寄せた。

ふたりは、売り場の上がり框《がまち》近くで何やら言葉をかわした後、峰次郎が遠藤たちのそばに近寄ってきた。

峰次郎は愛想笑いを浮かべ、

「いらっしゃいまし、峰次郎でございます」

と名乗り、チラッときよに目をやった。

きよは、恥ずかしげな顔をして俯《うつむ》いてしまった。峰次郎を見ないようにして、もじもじしている。

峰次郎はきよを思い出そうとして記憶をたどるような顔をしたが、すぐに笑み

を浮かべ、

「お上がりになってくださいまし。お嬢さまに、お似合いの反物をお見せしますから」

そう言って、峰次郎はきよと遠藤を売り場に上げようとした。

「わたし、峰次郎さまに、お渡ししたい物が……」

きよが、俯いたまま蚊の鳴くような声で言った。

すると、遠藤が峰次郎に身を寄せ、

「店のなかで、渡すのは気が引けるのでな。外にいる供の者に持たせてあるのだ。店を出て、すぐの路地で待っているはずだ」

と、峰次郎の耳元でささやいた。

「何でしょうか」

「み、見れば、分かります」

きよは落ち着かない様子で立っていた。その様子は、初な娘が好いた男に贈り物でも持ってきたように見える。

峰次郎は戸惑うような顔をしたが、きよと遠藤につづいて店を出た。

七

遠藤は店の外に出ると、通り沿いにある太物問屋を指差し、

「供の者は、太田屋の脇の路地にいる」

と、峰次郎に声をかけた。

峰次郎は半信半疑のような表情を浮かべたが、

「いっしょに来て。わたし、峰次郎さんのために選んだの」

きよがそう言って歩き出すと、峰次郎は後についていった。峰次郎も、相手が十二、三の娘なので油断したのだろう。

このとき、通りを歩いていた源九郎と孫六、それに山倉と平太が、左右からきよたちに近寄ってきた。峰次郎は気付かない。

一方、太田屋の脇の路地に残っていたのは、菅井と小杉だった。菅井と小杉は、山岸屋から出てきたきよたちの姿を目にすると、路地沿いにあった小体《こてい》な足袋《たび》屋の脇に身を寄せて身を隠した。

きよ、峰次郎、遠藤の三人は路地に入った。峰次郎は路地の先に目をやり、不審そうな顔をして足をとめようとした。それらしいひともいなければ、物もなか

ったのだ。

「そこにあります」

きよがそう言って、小走りに峰次郎から離れた。

そのとき、表通りから源九郎と孫六が路地に入ってきた。峰次郎は、源九郎たちの足音を耳にして振り返った。

峰次郎が不安そうな顔をした。きよが小走りに離れ、源九郎たちが小走りに近付いてきたからだろう。

と、路地の先の足袋屋の脇から菅井と小杉が姿をあらわし、足早に迫ってきた。

峰次郎の顔がひき攣《つ》ったようにゆがんだ。

「だ、騙《だま》したな！」

峰次郎は、反転して逃げようとした。源九郎と孫六が年寄りだったので逃げられると思ったのかもしれない。

源九郎は抜刀した。そして、刀身を峰に返して脇構えにとった。峰打ちに、峰次郎を仕留めようとしたのである。

これを見た峰次郎が、悲鳴を上げて駆けだした。そして、源九郎の脇を走り抜けようとした。

源九郎は峰次郎が三間ほどに迫ったとき、素早い動きで峰次郎に体を寄せ、刀身を横に払った。一瞬の太刀捌《たちさば》きである。

ドスッ、というにぶい音がし、源九郎の刀身が峰次郎の腹に食い込んだ。

峰次郎は腹を押さえて前によろめいた。そこへ、孫六と後続の山倉、平太のふたりが走り寄り、峰次郎を押さえ付けた。

峰次郎は路地にへたり込み、両手で腹を押さえて苦しげな呻《うめ》き声を上げている。

菅井と小杉も走り寄って、峰次郎を取り囲むようにして立った。

「孫六、平太、また駕籠《かご》を頼むぞ」

源九郎がふたりに声をかけた。

「合点で」

孫六と平太が駆けだした。

路地から表通りに出れば、空駕籠も見つかるはずだった。表通りは中山道だったので、旅人や駕籠なども見かけたのである。

源九郎たちは、原山のときと同じように捕らえた峰次郎を駕籠ではぐれ長屋まで運ぶつもりでいたのだ。

源九郎たちがはぐれ長屋に着いたのは、暮れ六ツ（午後六時）近くになってからだった。菅井の家で、峰次郎から話を聞くことになった。源九郎の家は原山を訊問したときに使ったので、今度は菅井の家にしたのである。それに、捕らえた峰次郎を監禁しておく場合、ずぼらな源九郎より、几帳面《きちようめん》な菅井の方が適していたのだ。

菅井の家に集まったのは、菅井の他に、源九郎、孫六、小杉、遠藤の四人だった。きよや山倉は、屋敷に帰っていた。

峰次郎は後ろ手に縛られ、猿轡《さるぐつわ》をかまされたまま座敷のなかほどに座らされていた。恐怖で顔がひき攣り、体が顫えている。

「ここは、わしらの長屋だ。何をしても外に洩《も》れることはないのでな、咎められる恐れもない。……小杉どの、存分にやってくれ」

そう言って、源九郎が峰次郎から身を引いた。

峰次郎の前に立った小杉は、遠藤に指示して峰次郎の猿轡をとった後、

「われらは、公儀の者だ。……峰次郎、包み隠さずに話さねば、お上に逆らい、

公儀の者を斬り殺した一味のひとりとして、厳罰に処せられる。いいな」

そう言って、峰次郎を睨むように見すえた。

「……！」

峰次郎の顫えが激しくなった。

「旗本の水田麻右衛門を知っているな」

小杉は、いきなり水田の名を出した。

「そ、存じません」

峰次郎が声を震わせて言った。

「峰次郎、われらは、おまえがあるじの弥兵衛の供をしてつた屋や吉松屋に出かけ、水田と会っているのを承知の上で聞いているのだぞ」

「……！」

峰次郎の顔が困惑にゆがみ、視線が揺れた。

「水田を知っているな」

小杉が強い口調で言った。

「は、はい……」

峰次郎の肩が、がっくりと落ちた。すでに、公儀の者は山岸屋と水田とのかかわりを知っているので、これ以上ごまかせないと思ったのだろう。

「つた屋や吉松屋で、どんな話をした」

「お仕着せを納めさせていただく件で、お話をさせていただきました」

峰次郎が小声で答えた。

「そのことは承知している。……山岸屋が御用達になる前のことだが、そのころも水田と会っていたな」

「……」

峰次郎は肩をすぼめるようにうなずいた。

「水田に、山岸屋が御用達になれるよう依頼したのだな」

「む、むかしのことですが、御用達の話もさせてもらったかもしれません」

「当然のことだが、礼として山岸屋から相応の物が水田に渡されたな」

小杉は、相応の物と言って濁した。峰次郎が話しやすくなるように、金のことは口にしなかった。

「は、はい」

峰次郎は認めた。お礼として相応の物を渡したことが分かっても、山岸屋が咎められることはないとみたのだろう。

小杉もそれ以上御用達のことは口にせず、

「御目付の松崎さまを知っているな」

と、声をあらためて訊いた。

「ぞ、存じません……」

峰次郎が声をつまらせた。

「峰次郎、おれたちはな、殺された松崎さまといっしょに山岸屋と水田を探っていたのだ。……すでに、松崎さまを襲った三人のうち、池沢と原山を捕らえ、話を聞いているのだぞ。ふたりは、水田と山岸屋のかかわりはむろんのこと、おまえのことも話している。いまさら、しらをきってもどうにもならぬ」

小杉の声には、有無を言わせぬ強いひびきがあった。

「……！」

峰次郎の顔が紙のように蒼《あお》ざめ、体の顫えが激しくなった。

「もう一度、訊く。松崎さまを知っているな」

「は、はい……」

「なぜ、松崎さまを斬った。……お仕着せの納入にかかわる不正が、露見しそうになったからではないのか」

小杉が峰次郎を見すえて訊いた。

峰次郎は虚空に視線をむけ、身を顫わせていたが、

「そ、そう、聞いています」

と小声で言って、肩を落とした。

「どのような不正なのだ」

小杉が語気を強くして訊いた。

「存じません。番頭さんが、水田さまと内密に会って話を進めたのです」

「番頭の甚蔵か」

「そ、そうです……」

峰次郎が声を震わせて言った。

「あるじの弥兵衛も知っているのではないか」

「は、はい……」

峰次郎の目が恐怖と絶望とで、虚ろになっていた。

「甚蔵と弥兵衛か」

小杉が虚空を睨むように見すえて言った。

それで、小杉の訊問は終わった。

つづいて、源九郎が、

「藤川、原山、池沢の三人にも、山岸屋から金が渡されたのではないか」

と、峰次郎に訊いた。

峰次郎は、口をとじたままちいさくうなずいただけだった。蒼ざめた顔で、身を顫わせている。

第五章　旗本屋敷の死闘

一

「おい、番頭の甚蔵だぞ」

遠藤伸三郎が、脇にいる御小人目付の山口登五郎《とうごろう》に声をかけた。ふたりがいるのは、太物《ふともの》問屋、太田屋の脇の路地だった。その場から、遠藤たちは山岸屋の店先を見張り、甚蔵が店から出るのを待っていたのだ。甚蔵の動きを探り、機会があったら捕縛するためである。

遠藤たちがその場に来て半刻（一時間）ほどしたとき、番頭の甚蔵が手代と思われる男をひとり連れて、山岸屋の店先から通りに出てきたのだ。

「駕籠《かご》に乗る気だ」

山岸屋の脇に、辻駕籠が一挺《ちょう》置いてあった。印半纏《しるしばんてん》に褌《ふんどし》ひとつの駕籠かきがふたり、駕籠のそばで待っていた。

「駕籠に乗るのは、顔を隠すためだな」

遠藤が、駕籠を見すえながら言った。

甚蔵は駕籠に乗り込み、手代は駕籠の脇についた。

「山口、跡を尾《つ》けるぞ」

遠藤は、甚蔵の行き先をつきとめようと思った。

「はい」

ふたりは路地から通りに出て駕籠の跡を尾け始めた。

尾行は楽だった。日本橋通りは賑わっていたので、駕籠のすぐ後ろにいても気付かれる恐れはなかった。

甚蔵の乗る駕籠は中山道を北にむかい、昌平橋を渡ると、すぐに左手におれた。神田川沿いの道を湯島の方へむかっていく。

「甚蔵はどこへ行く気ですかね」

山口が訊《き》いた。

「分からぬ」

遠藤は、首をひねった。甚蔵が料理屋や得意先に行くとは思えなかった。それに、番頭が駕籠を使ったことからみて、人目を忍んでいくような特別な場所とみていいだろう。

駕籠は湯島の聖堂の前も通り過ぎた。しだいに通りは寂しくなり、人影もすくなくなった。左手には神田川が流れ、右手には小身の旗本や御家人の屋敷がつづいている。

神田川沿いの道をしばらく歩くと、前方に水道橋が見えてきた。橋の右手奥では、水戸家の上屋敷の殿舎の甍《いらか》が陽射しのなかでかすんでいる。

遠藤は水戸屋敷を目にしたとき、

「水田の屋敷ではないか」

と、思わず口にした。遠藤は、水田の屋敷が小石川の水戸家の屋敷の近くにあることを知っていたのだ。

「甚蔵は、水田の屋敷に行くつもりですよ」

山口が言い添えた。

「甚蔵は、行き先を知られないように駕籠を使ったのだな」

それから駕籠は神田川沿いの道を進み、水戸屋敷が近付いたところで、右手の通りに入った。

「走るぞ」

遠藤と山口は走り出した。

甚蔵の乗る駕籠が、武家屋敷の陰になって見えなくなったのだ。

遠藤たちが右手に入る通りの角まで来ると、前方に駕籠が見えた。そこは武家地で、旗本屋敷のつづく通りだった。人影はすくなく、中間《ちゅうげん》を連れた武士が歩いているのが見えるだけである。

駕籠はその通りをしばらく進んでから、旗本屋敷の門前でとまった。片番所付きの長屋門である。四百石前後の旗本屋敷とみていい。

「水田の屋敷だぞ」

遠藤は水田の屋敷を知っていた。探索のために、屋敷を確かめにきたことがあったのだ。

甚蔵は駕籠から下りると、駕籠かきに何やら声をかけてから、手代を連れて表門に近付いた。門番に声をかけたらしい。いっときすると、表門の脇のくぐりがあき、甚蔵と手代は門内に入った。

辻駕籠は空のまま、その場を離れた。甚蔵は帰りに駕籠を使うつもりはないようだ。

「山口、甚蔵を捕らえるいい機会だぞ」

遠藤が目をひからせて言った。

「……！」

「すぐに、小杉どのに知らせろ」

「はい！」

山口が走りだそうとすると、

「待て！」

と、遠藤がとめた。

「小杉どのたちが、ここに来る前に甚蔵たちは屋敷を出るかもしれない。おそらく、帰りも来た道を使うはずだ。……山口、甚蔵たちが来た道を通ってここに来てくれ。おれは跡を尾けるから、途中で出会《でくわ》せば、その場で捕らえられる」

「承知！」

山口は走りだした。

後に残った遠藤は、水田家の屋敷の斜向《はす》かいにある旗本屋敷の築地塀《ついじべい》の陰に身を隠した。そこから、水田家の表門を見張るのである。

陽は西の空にまわっていた。八ツ半（午後三時）ごろだろうか。人影のない通りを、旗本屋敷の長い影がおおっている。

山口がこの場を去って、だいぶ時間が経過していた。

……そろそろ、小杉どのたちが見えるころだな。

遠藤が胸の内で、つぶやいたときだった。

水田家の表門のくぐりがあいて、人影があらわれた。

……甚蔵だ！

姿を見せたのは、甚蔵と手代、それに武士がひとりいた。武士は水田家に仕える若党であろうか。

甚蔵は武士に何やら声をかけ、頭を下げてからその場を離れた。武士は門前に立って、甚蔵と手代の後ろ姿を見送っていたが、すぐに踵《きびす》を返してくぐりから入ってしまった。おそらく、若党が番頭たちを送り出したのだろう。

甚蔵と供の手代は、足早に来た道を引き返していく。

遠藤は甚蔵たちから一町ほど距離をとって、後ろからついていった。あえて身を隠そうとしなかった。そこは、武家地なので、甚蔵が振り返って遠藤の姿を目にしても不審を抱くようなことはないだろう。

二

甚蔵と手代は、神田川沿いの道に出た。来た道を引き返していく。遠藤は通り沿いの武家屋敷の板塀の陰や樹陰などに身を隠しながら、甚蔵たちとの間をつめた。

……この通りで、甚蔵を捕らえたい。

と、遠藤は思った。

湯島の聖堂の近くまで行くと人通りが多くなり、甚蔵たちを捕らえるおりに騒ぎが大きくなる恐れがあったのだ。

前方に湯島の聖堂が見えてきた。そのとき、遠藤は通りの先に、三人の武士の姿があるのを目にした。

……小杉どのたちだ！

遠藤は胸の内で声を上げた。

前方から来る武士は、小杉、山口、田代の三人だった。三人は足早にこちらにむかってくる。

遠藤は通りのなかほどに出ると、小走りになって甚蔵たちとの間をつめた。こうなれば、甚蔵たちに気付かれてもかまわない。

甚蔵たちに、慌てた様子はなかった。まだ、前方の小杉たちにも後方の遠藤にも気付いていないようだ。

遠藤と甚蔵たちの間がつまったとき、甚蔵と手代の足がとまった。前方から近付いてくる小杉たち三人に気付いたらしい。

甚蔵は前からくる小杉たちから逃げようとしたのか、慌てた様子で踵を返した。小杉たちを目にしたことはないだろうが、足早に迫ってくる三人の様子から山岸屋を探っている者たちだと気付いたのかもしれない。

だが、甚蔵と手代はその場につっ立ったまま動かなかった。後ろから迫ってきた遠藤を目にしたのである。

小杉たちより先に、遠藤が甚蔵と手代の前に立った。

「て、手前に、何か御用で……」

甚蔵が声を震わせて訊いた。

甚蔵は五十がらみであろうか。面長《おもなが》で、頰がこけていた。その顔が恐怖でゆがみ、黒ずんだ唇がピクピクと震えている。

「ちと、訊きたいことがある。いっしょに来てもらおうか」

遠藤が強い口調で言った。

「て、手前は、お上のお世話になるようなことは、何もしておりません」

甚蔵が声を震わせて言った。遠藤のことを、八丁堀同心とでも思ったのであろうか。甚蔵の脇に立っている手代も、身を顫《ふる》わせている。

「ならば、恐れることはあるまい」

遠藤がそう言ったとき、小杉たち三人が走り寄った。

「甚蔵、いっしょに来い」

小杉の声には、有無を言わせぬ強いひびきがあった。

「あなたさまたちは、いったい……！」

甚蔵が蒼《あお》ざめた顔で訊いた。四人の武士の身装《みなり》から、町方ではなく公儀の者と気付いたのかもしれない。

「いっしょに来れば分かる。……嫌なら、縄をかけて連れていくぞ」

そう言って、小杉が甚蔵の肩を押した。

甚蔵が体をふらつかせて歩きだすと、手代も後からついてきた。小杉たち四人は、甚蔵と手代を取り囲むようにして歩いた。

小杉たち四人が、甚蔵と手代を連れていったのは、御徒町にある小杉家の屋敷の裏手にある納屋だった。そこは、池沢とお秋を訊問《じんもん》したところである。

納屋のなかは薄暗かった。澱《よど》んだ大気のなかに、黴《かび》の臭いがただよっている。

まず、手代を、土間に筵《むしろ》を敷いて座らせた。名は、元次郎《もとじろう》という。甚蔵は山口と田代に見張られ、納屋の脇に立たされていた。先に、元次郎から事情を聞き、その後甚蔵の訊問にあたることにしたのだ。

「元次郎、水田家の屋敷でだれと会ったのだ」

小杉が穏やかな声で訊いた。

「み、水田さまです」

元次郎は隠さず話した。もっとも、元次郎にとっては隠すようなことではなかったのだろう。

「当主の麻右衛門どのか」

「そうです」

「どのような話をしたのだ」

「ちかいうちに、納めさせていただくお仕着せのことです」

「たしか、水田どのは、御納戸組頭だったな」

「は、はい……」

「お仕着せを納める時期や値などを、水田から聞いたのか」

「そうです」

「公儀に納める物を、御納戸組頭の一存では決められないのではないか」

水田は、御納戸頭の赤塚宗兵衛の指図を受けて動いているはずである。

「手前には分かりませんが……」

元次郎が肩を落として言った。

小杉はいっとき無言で元次郎を見すえてから、

「幕府に納めるお仕着せは、正当な値なのか」

と、静かだが鋭いひびきのある声で訊いた。

「……！」

元次郎の顔がゆがみ、体の顫えが激しくなった。元次郎は動揺しているらしい。

「どうだ」

「て、手前には、分かりません」

元次郎が声を震わせて言った。

「山岸屋の手代が、相場より安いか高いかも分からないのか」

小杉はあらためて、

「正当な値か！」

と、強い声で訊いた。

「た、大量の品を揃えねばなりませんし、お城まで運ぶ手間賃もかかりますので、多少お高くなるかもしれません」

「おい、おれたちが商いに疎《うと》いとみて、ごまかすつもりか。品物をまとめて多く買えば、割安になるはずだ。山岸屋の近くにある白川屋に聞いてみてもいい。品物をまとめ買いすれば、割高になるかどうかな」

小杉は商売敵だった白川屋の名を出した。

「……………」

元次郎は反論せずに肩を落とした。甚蔵と水田との間で、不正な取り引きの話があったのを認めたとみていい。

それから、小杉は元次郎に、番頭の甚蔵だけでなくあるじの弥兵衛の供をして、水田と会ったことがあるか訊いてみた。

「あるじが、水田さまとお会いになるときに、供をしたことがございます」

元次郎によると、弥兵衛が水田家に行くことはなく、会うときは柳橋か浅草の料理屋だったという。

料理屋の場合、元次郎のような手代は酒席にくわわらず、別の座敷で待っていたので、弥兵衛と水田との話を聞いたことはないそうだ。

小杉は元次郎につづいて、番頭の甚蔵を納屋に入れた。

「甚蔵、水田どのの屋敷に何しにいったのだ」

小杉はまわりくどい言い方はせず、すぐに核心に入った。

「ご、ご挨拶でございます。水田さまには、日頃お世話になっておりますもので」

甚蔵が声をつまらせて言った。顔がこわばり、体が顫えている。

「甚蔵、おれたちはこの場で、公儀の松崎さまを襲ったふたりから話を聞いているし、いま元次郎からも聞いた。柳橋のつた屋、浅草の吉松屋にもあたり、あるじの弥兵衛や水田どのが、どのような話をしたかも承知の上で、おまえに訊いているのだ。……甚蔵、おまえが口をとじていれば、どうなるか分かっているのか。公儀の者に拷問《ごうもん》を受け、その後は獄門だぞ」

小杉の声は静かだが、恫喝《どうかつ》するようなひびきがあった。小杉は、甚蔵を脅してしゃべらせようとしたのだ。

「……！」

甚蔵の顔から血の気が引き、体が激しく顫えだした。

「甚蔵、水田どのと何を話した」

「お、お仕着せの、ことでございます」

甚蔵が声を震わせて言った。

「大量のお仕着せを、相場より高値で納めたのだな」

「そ、そのようなことは、ございません」

甚蔵が目を剝《む》いて言った。

「われらは、山岸屋が相場よりかなり高値で、幕府に納めていることは承知しているのだ。山岸屋の奉公人にも、納戸方の者にも話を聞いて分かっている。……だからこそ、こうやって、おまえたちを捕らえたのだ」

小杉はあえて元次郎の名は出さなかった。

「……！」

甚蔵の顔が紙のように蒼ざめ、体がワナワナと顫えだした。

「甚蔵、おまえやあるじの弥兵衛は水田と談合し、公儀に納める品の値を高めにして多額の金を浮かせたのだな」

「そ、そっ……」

甚蔵は何か言いかけたが、声にならなかった。そのようなことは、ございません、と言いたかったのかもしれない。

「その金の多くは、水田に渡されたのではないか」

小杉が甚蔵を見すえて訊いた。

「……！」

甚蔵は何も言わなかったが、ガックリと肩を落とした。

「水田は、その金を何に使ったのだ」

「ぞ、存じません」

甚蔵が、肩を落としたまま言った。

三

小杉は甚蔵から話を聞いた翌日、山口とともに水道橋に足を運んだ。御目付の近藤谷左衛門と会うためである。小杉は、これまで探って分かったことと、これからどうするか近藤の指示を仰ごうとしたのである。

近藤は屋敷の客間で、小杉たちと会った。近藤は五十がらみ、痩身ですこし猫背だった。まるで、武芸などには縁のない華奢《きやしや》な体付きだが、細い双眸《そうぼう》には能吏を思わせる鋭いひかりが宿っていた。

近藤は小杉たちと対座すると、

「何か知れたか」

と、静かな声で訊いた。

「はい、御納戸組頭の水田どのと山岸屋との間で、お仕着せを幕府に納めるにあたって不正があったようでございます」

小杉はそう前置きし、これまで探って分かったことを一通り話した。

「やはり、そうか。実は、名は言えぬが、御納戸方の者から、衣服の調達にあたって不正があるようだとの話があってな。松崎に、ひそかに探るよう命じたのだ。それが、こんなことになってしまって」

近藤が悲痛な顔をして話をつづけた。

「わしは、何としても此度《こたび》の件をあきらかにし、不正にかかわった者たちを処罰せねば、残された松崎家の者にも顔向けできんのだ」

「われらも、御目付さまと同じ気持ちです」

小杉が言った。

「それに、わしが懸念しているのは、水田が受け取った金の流れだ。……水田が手にした金の多くは、どこかに流れているはずなのだ。まず、考えられるのは、御納戸頭の赤塚だ。水田は赤塚の配下の組頭だからな。赤塚が、水田の不正に気付かぬはずはないのだ。そのことからみても、水田が手にした金の多くが、赤塚に流れているとみていいのではないかな」

近藤はそこまで話し、虚空に視線をとめていっとき黙考していたが、小杉に顔をむけ、

「実は、赤塚から一部の幕閣に多額の金が流れているとの噂があってな。わしが、松崎に探索を命じたのも、そうした噂を耳にしたからなのだ」

そう言って、また口をとじた。

いっとき座敷を重苦しい沈黙がつつんでいたが、

「御目付さま、水田どのと山岸屋との間で不正がおこなわれたことは、明らかです。水田どのを捕らえて、吟味《ぎんみ》いたせば、赤塚さまとのつながりもはっきりするはずですし、金の流れも明らかになるのではないでしょうか」

小杉が身を乗り出すようにして言った。

「それも手だが……」

近藤はそう言った後、何か思い出したような顔をして小杉に目をむけた。

「水田は、いま屋敷にこもっているのではないのか。……病を理由に、ここ何日か登城してないと聞いたぞ」

「おそらく、松崎さまを襲った者たちや山岸屋の番頭などが、捕らえられたことを知って、われらの動きをみるために、登城をひかえているのではないでしょうか」

「屋敷にこもっている者を、捕らえることはできまい。……目付筋の者たちが大勢で押しかけ、門を破って押し入ることはできないぞ」

近藤の顔に懸念の色が浮いた。

小杉はいっとき黙したまま座していたが、

「敵討ちということにしたらどうでしょうか」

と、身を乗り出すようにして言った。

「敵討ちとな」

近藤が聞き返した。

「はい、しかも幕臣とはかかわりのない者たちが、屋敷内に踏み込んで敵を討ったことにするのです」

「どういうことだ」

「いま、松崎さまを襲って斬殺した者が、水田どのの屋敷に身を隠しております。そやつの名は藤川平十郎で、牢人の身です」

「まことか」

「はい、しかも松崎さまのお子が、きよさまという娘ごですが、父の敵を討たんとして剣の修行を積んでおります」

「娘がか」

近藤が驚いたような顔をした。

「はい」

「その娘は、いくつになるな」

「十二歳と聞いています」

「十二の娘が、敵を討てるのか」

近藤の顔に、驚きと懸念の色が浮いた。

「それが、大勢の者がきよさまに味方し、敵討ちの助太刀をすることになっているのです。そのなかには、剣の達人がふたりもいます。……実は、それがしたちも、その者たちの助けで、水田と山岸屋とのかかわりをはっきりさせることができましたし、藤川といっしょに松崎さまを襲ったふたりを捕らえて、吟味することもできたのです」

小杉が言った。

「その者たち、幕臣か」

「いえ、いずれも長屋住まいの者たちで、腕のたつふたりは、牢人の身です」

「なに、長屋の住人とな！」

近藤の声が大きくなった。

「はい、ですが、ふたりが剣の遣い手であることはまちがいありません。……松崎家でも、ふたりに敵討ちの助太刀を依頼しているのです」

「うむ……」

近藤の顔には、まだ戸惑うような表情があった。

「近藤さま、松崎さまの敵討ちという名目で水田家に踏み込み、敵を討つと同時に、水田を捕らえたらどうでしょうか。……われらも敵討ちの助太刀ということで水田家に入り、水田の捕縛にあたります」

小杉が言い終えると、傍らにいた山口が、

「長屋の方たちは、これまでもわれらに尽力してくれたのです」

と、言い添えた。

「松崎さまの仇を晴らすということなら、名目がたつな」

近藤がうなずいた。

「藤川が水田家に身をひそめているうちに、やらねばなりません。……すぐにも、実行したいのですが」

小杉が言った。

「小杉にまかせるが、手勢が必要なら目付筋の者から腕のたつ者を使うといい」

「これまでの者たちに、二、三人くわえるつもりでおります」

小杉は、源九郎たち長屋の者がいっしょならそれほどの人数はいらないとみていた。

四

はぐれ長屋の源九郎の家に、何人もの男女が集まっていた。座敷に、源九郎、菅井、孫六、三太郎、きよ、山倉、小杉、山口の八人である。戸口近くには、長屋に住むお熊やおまつなども来ていた。お熊たちは、様子を見にきたのである。

今日はこれから、藤川を討ち、水田を捕らえるために水田家の屋敷に踏み込むことになっていたのだ。

きよは、緊張した面持ちで座していた。白の手甲脚半《てっこうきゃはん》に、白足袋《しろたび》という扮装《いでたち》だった。敵を討つ場に乗り込む前に白鉢巻きをしめ、襷《たすき》で両袖を絞るはずである。

きよの脇には、助太刀することになっている菅井と山倉が座していた。菅井は平静だが、山倉は気が昂《たかぶ》っているらしく顔が紅潮していた。

「そろそろ、来てもいいころだがな」

源九郎が戸口に目をやって言った。

今朝の暗いうちに、茂次と平太が小石川に出かけ、水田家に藤川がいるかどうか確かめることになっていた。水田家に出入りする中間や家士などから、それとなく訊くのである。

すでに、昨日のうちに、孫六と三太郎が佐久間町の借家を見に行き、藤川がいないことを確かめてあったので、藤川は水田家にいるとみていいのだが、確認のため茂次と平太が小石川に出かけたのだ。

そのとき、戸口近くにいた孫六が、

「平太が、来やした！」

と、声を上げた。

すぐに、戸口に走り寄る足音がし、平太が土間に飛び込んできた。平太の顔が紅潮し、顔に汗がひかっていた。

「いやすぜ、藤川が！」

平太が荒い息を吐きながら声を上げた。平太は、すっとび平太と呼ばれるくらい足が速い。小石川から、走りづめで来たらしい。

「水田はどうだ」

小杉が訊いた。

「水田もいやす」

平太が、水田家の屋敷から出てきた中間をつかまえて確かめたことを言い添えた。

「よし、行くぞ」

源九郎が座敷にいる者たちに声をかけた。

源九郎たちは、お熊たちに見送られてはぐれ長屋を出ると、竪川沿いの道に出た。そして、両国橋を渡り柳原通りに入ったところで、ばらばらになった。大勢で歩くと人目を引くからである。

先頭には、平太、源九郎、小杉の三人がたち、すぐ後ろにきよと菅井がついた。孫六や山倉たちはさらに後方を歩いた。

昌平橋のたもと近くで、遠藤たち六人の武士が待っていた。田代と市山、それに御小人目付の篠村彦八郎《しのはらひこはちろう》、佐々木孫兵衛《ささきまごべえ》、大河内佐助《おおこうちさすけ》の三人だった。小杉が、念のために腕のたつ者を集めたのである。

「これから、水田を捕らえにいく。後ろから来てくれ」

小杉が、田代たちに声をかけた。

源九郎たちは昌平橋を渡り、神田川沿いの道を水道橋の方にむかった。湯島の聖堂の前を過ぎると、急に人通りがすくなくなった。左手に神田川が流れ、右手には小身の旗本屋敷がつづいている。

しばらく神田川沿いの道を歩くと、前方に水道橋が、右手には水戸家の上屋敷の殿舎が見えてきた。

「水田の屋敷は、すぐだ」

源九郎が声をかけ、すこし歩調を緩めた。後続のきよや菅井たちが、追いつくのを待ったのである。

先頭にいた平太が、前方に水戸屋敷が近付いてきたところで、右手の通りに入

った。そして、しばらく歩いたところで、旗本屋敷の築地塀の陰に身を寄せ、

「そこが、水田の屋敷でさァ」

と言って、斜向かいにある旗本屋敷を指差した。片番所付きの長屋門を構えた旗本屋敷である。

「茂次はどこにいる」

源九郎が訊いた。

「あっしが呼んできやす」

すぐに、平太が走りだした。

平太は水田家の屋敷をかこった築地塀の脇へまわり、茂次を連れてもどってきた。

「どうだ、藤川はいるか」

源九郎が茂次に念を押すように訊いた。

「いやす」

「水田はどうだ」

源九郎の脇から小杉が訊いた。小杉は水田のことが気になっているようだ。

「水田もいるはずでさァ」

茂次が答えた。

「よし、手筈《てはず》どおり踏み込もう」

源九郎が、その場にいる男たちに声をかけた。

すると、茂次と平太が先にたち、源九郎がすこし間をとって茂次たちにつづいた。その場に残った小杉や菅井たちは、源九郎たちが離れてから通行人を装って水田家の表門に足をむけた。

茂次と平太は水田家の表門の前まで行くと、片番所にいた門番に、

「手前は、日本橋の山岸屋の手代、茂次郎《しげじろう》でございます」

と、声をかけた。茂次は思いついた偽名を口にしたのである。

「何の用だ」

番所にいた若党が、物見窓から顔を覗《のぞ》かせて訊いた。

「水田さまに、取り急ぎお伝えすることがあってまいりました。御取り次ぎいただけないでしょうか」

「しばし、待て」

そう言って、若党はその場を離れた。

それからいっときすると、表門の脇のくぐりがあいて若党が顔を出し、

「殿がお会いするそうだ。なかに入れ」

と言って、身を引いたときだった。

門扉《もんぴ》に身を寄せて身を隠していた源九郎が、すばやく茂次の脇に身を寄せ、茂次につづいてくぐりからなかに入った。

「な、何者！」

若党は、いきなり入ってきた源九郎を目にして目を剝いた。

源九郎は素早く若党に身を寄せ、当て身をくらわせた。拳が鳩尾《みぞおち》をとらえた。一瞬の早業《はやわざ》である。

若党は喉のつまったような呻《うめ》き声を洩《も》らし、その場に腰からくずれるように倒れた。失神したようである。

これを見た茂次と平太が、くぐりから飛び出し、大きく手を振ってなかに入れることを知らせた。門前近くにいた菅井や小杉たちが、次々にくぐりからなかに入ってきた。

源九郎たちが、屋敷の玄関先に集まったとき、たまたま庭の方から玄関先へまわってきた若党が源九郎たちを見て立ち竦《すく》んだ。

と、菅井が素早い動きで、若党に走り寄った。

「な、なにやつ！」

若党が声をつまらせて叫び、反転して逃げようとしたところへ、菅井が踏み込んで居合で抜き付けた。一瞬の太刀捌《たちさば》きである。

菅井の切っ先が、若党の首の手前でとまった。菅井は若党を斬らずに、刀をとめたのである。

「動くな！　首を落とすぞ」

菅井が低い声で言った。

若党は首を伸ばしたまま目を剝き、その場に凍りついたようにつっ立った。

そこへ、源九郎たちが駆け寄り、若党を取りかこんだ。

「藤川は、屋敷のどこにいる」

菅井が鋭い声で訊いた。

「……ざ、座敷に」

若党が声を震わせて言った。

「どこの座敷だ」

「に、庭に面した座敷に」

庭は屋敷の右手にあった。それほどひろい庭ではないが、よく手入れされた松、梅、高野槙《こうやまき》などの庭木が見えた。

「水田はどこにいる」

小杉が若党の前に立って訊いた。

「藤川どのといっしょに……」

「庭にちかい座敷だな」

そう言って、小杉が若党の前から身を引いた。

すかさず、菅井が刀身を峰に返し、横に払った。ドスッ、という音がし、若党の腹に菅井の刀身が食い込んだ。若党は腹を両手で押さえ、その場にへたり込んだ。苦しげな呻き声を洩らしている。

五

「菅井たちは、庭にまわってくれ。わしは、玄関から水田たちのいる座敷にむかう」

源九郎が菅井に声をかけた。

源九郎は、屋敷内の廊下をたどって水田と藤川のいる座敷に踏み込むつもりだった。菅井たちが庭にまわれば、挟み撃ちにできる。

「承知した」

菅井はそばにいたきよと山倉に、庭に行くぞ、と声をかけた。

小杉も山口に、田代を連れて庭にまわるよう指示した。自分は何人か連れて、源九郎とともに屋敷内に入るつもりらしい。

「行くぞ」

源九郎が小杉に声をかけ、屋敷の玄関に走った。

一方、菅井や山口たちは、庭にむかった。

茂次、孫六、平太、三太郎の四人は庭に足をむけたが、闘いにはくわわらず、庭木の陰から様子を見ることになっていた。闘いの様子によっては、木陰から礫《つぶて》を投げて味方に助太刀するのである。藤川と水田が逃げるようなことがあれば、跡を尾けて行き先をつきとめるのだ。

源九郎たちは、玄関から屋敷に入った。式台の先に狭い板間があり、その奥に廊下があった。廊下の左手が座敷になっているらしく、障子がしめてあった。右手は雨戸のしめてある場所が多かった。座敷はないらしい。

源九郎たちは多勢だったので、廊下を踏む足音が屋敷内にひびいた。源九郎はこの辺りが庭に面した座敷ではないかと見当をつけ、廊下側に立ててあった障子をあけはなった。

座敷には、武士がふたりいた。用人か若党か分からなかったが、水田家に仕える家士らしい。ふたりの武士は源九郎たちの姿を目にし、驚愕《きょうがく》に目を剝いた。一瞬、凍りついたように身を硬くしたが、

「曲者《くせもの》だ！」

若い武士が叫び、傍らに置いてあった刀を手にして立ち上がった。

「ここではない」

源九郎は座敷にいる武士にはかまわず、次の部屋にむかった。後続の小杉たちも源九郎につづいた。

源九郎が、次の座敷の障子をあけた。

ふたりの武士が、座していた。ひとりは総髪で、長髪が肩の近くまで伸びていた。藤川である。もうひとりは、水田らしい。ふたりの膝先に、湯飲みが置いてあった。茶を飲んでいたようだ。

ふたりが座している先に、縁側と庭が見えた。

藤川は源九郎たちの姿を見ると、傍らに置いてあった刀を手にして立ち上がり、

「出会え！　狼藉者《ろうぜきもの》だ」

と、声高に叫んだ。

水田も刀を手にし、「出会え！　出会え！」と声を上げた。

座敷の片側の襖があき、さきほど目にしたふたりの武士が踏み込んできた。ふたりとも、抜き身を手にしている。

廊下を走る複数の足音がし、「殿のいる座敷だ！」「急げ！」という声が聞こえた。水田家の者が、叫び声を聞いて駆け付けるようだ。

源九郎と小杉、さらに遠藤たちが、水田と藤川のいる座敷に踏み込んだ。

藤川は源九郎たちが多勢と見ると、

「水田どの、庭へ！」

と声をかけ、庭に面した縁側に出た。すでに、刀は腰に帯びていた。居合を遣うためであろう。

水田も、藤川につづいて縁側に飛びだした。庭に逃げる気らしい。

座敷に踏み込んだ源九郎、小杉、遠藤の三人は、藤川たちを追って縁側に出た。市山たちは、隣の部屋から入ってきたふたりと、廊下から来る者たちに対応するために座敷に残っていた。

「藤川、松崎どのの仇を晴らさせてもらうぞ！」

源九郎が叫びざま、切っ先を藤川にむけた。

「おのれ！　返り討ちにしてくれるわ」

藤川は、腰に帯びた大刀の柄《つか》に右手を添え、腰を沈めた。居合腰である。

水田は刀を抜いて切っ先を小杉にむけたが、腰が引けていた。恐怖と興奮のため、体が顫えている。

「水田、観念しろ！」

小杉が、切っ先を水田にむけて近寄った。

遠藤は座敷の隅をつたうように動いて、水田の背後にまわり込んだ。

水田は背後にまわった遠藤に気付くと、慌てて廊下から庭に飛び下りた。庭から逃げようとしたのである。

水田につづいて、藤川も庭に飛び下りた。

すると、庭の樹陰に身をひそめていた菅井やきよたちが、いっせいに姿をあらわし、水田と藤川のそばに走った。

「に、庭にもいた！」

水田が叫んだ。

源九郎、小杉、遠藤の三人も、縁側から庭に飛び下り、藤川と水田に近寄って切っ先をむけた。

「多勢だ！」

藤川の顔がひき攣《つ》ったようにゆがんだ。走り寄る菅井たちに目をやり、逃げ場を探すように視線をまわした。

「う、うぬら、何者だ」

水田が声を震わせて小杉に訊いた。

「目付筋の者だ」

小杉が水田を見すえて言った。

「目付筋の者が、このような狼藉を働いてよいのか。屋敷内に押し入って、まるで盗賊ではないか」

水田の顔が、憤怒の色に染まった。

「水田どの、観念なされい！　すでに、山岸屋の番頭も捕らえ、水田どののかかわりを聞き取っているのだ」

「おれは、山岸屋の番頭など知らぬ」

水田が吐き捨てるように言った。

「山岸屋とのかかわりだけではない。そこにいる藤川平十郎は、松崎さまを斬った男だ。水田どのの指図で、松崎さまを襲った三人のうち、原山と池沢は捕らえ、水田どのの指図で動いていたことを自白しているのだぞ」

小杉の声には、有無を言わせない強いひびきがあった。

「な、なに……」

水田の顔から血の気が引き、体の顫えが激しくなった。

六

きよは、藤川の前に立つと、

「藤川平十郎、父の敵！」

と叫び、手にした懐剣を藤川にむけた。きよは菅井から教えられたとおり、藤川から三間ほどの間合をとった。懐剣が、小刻みに震えていた。きよは蒼ざめた顔で、藤川を睨《にら》むように見すえている。

山倉が、きよの左手後方に立って藤川に切っ先をむけていた。きよが、危ないとみたら、助太刀するつもりらしい。

「小娘、ここで、返り討ちにしてくれる！」

藤川が左手で刀の鯉口《こいぐち》を切り、右手を柄に添えた。居合の抜刀体勢をとったのである。

このとき、菅井はきよの右手後方にまわり込んでいた。きよが藤川の右手にまわり込んだ瞬間をとらえて、藤川の前に立つつもりだった。

藤川は、菅井を見て怪訝《けげん》な顔をしたが何も言わなかった。おそらく、菅井との間があったので、居合は遣えないとみたのだろう。

「小娘！　いくぞ」

藤川は居合の抜刀体勢をとったまま、摺《す》り足できよとの間合をつめ始めた。居合の抜刀の間合に入るためである。

藤川が抜刀の間合に踏み込み、抜き付けようとした瞬間、きよが、スッと身を引いた。刹那《せつな》、藤川が裂帛《れっぱく》の気合を発して抜き付けた。

閃光《せんこう》が藤川の腰元から半弧を描き、きよの頭上から袈裟《けさ》にはしった。一瞬の稲妻のような一颯《いっさつ》である。

藤川の切っ先が、きよの胸元をかすめて空を切った。藤川の抜刀の瞬間、きよが身を引いたため、藤川の切っ先はわずかにとどかなかったのだ。

だが、きよの体勢は崩れていた。藤川の抜き付けの一刀を逃れようとして、上半身を後ろに反らせたために、腰が伸びて体がよろめいたのだ。それだけ、藤川の抜き付けの一刀は迅《はや》かったのである。

きよに、藤川の右手にまわる余裕はなかった。

藤川はさらに踏み込み、二の太刀をきよに浴びせようとした。

これを見た菅井が、藤川の右手から踏み込み、
イヤアッ！

と、裂帛の気合を発して抜き付けた。

刀身の鞘走《さやばし》る音がした瞬間、閃光が逆袈裟にはしった。

迅い！

菅井の切っ先が、藤川の小袖の左肩先を斬り裂き、あらわになった肩に、血の線がはしった。

藤川は背後に大きく跳んで菅井との間合を取ると、素早い動きで納刀した。そして、抜刀の構えをとったが、左腕が小刻みに顫えていた。肩を斬られたせいらしい。

「やるな！」

藤川の顔が驚愕にゆがんでいた。菅井の居合の腕が、これほどとは思わなかっ

たのだろう。

菅井も素早い動きで納刀し、居合の抜刀体勢をとっていた。菅井の顔にも、驚きの色があった。自分の切っ先が十分にとどかず、藤川に浅手しか与えられなかったからである。

一方、きよは藤川の右手にまわり込み、懐剣を構えていた。いまにも、斬り込んでいきそうな気配があった。

このとき、水田が、ワアッ！　という叫び声を上げた。小杉が、峰打ちを水田にあびせたのだ。

一瞬、菅井ときよの視線が水田にむけられた。

と、藤川がいきなり、敵のいない左手にむかって走った。逃げるつもりらしい。

「待て！」

菅井が藤川の後を追った。

きよも懐剣を手にしたまま藤川を追った。近くにいた山倉も、きよの後を追って走りだした。

藤川は表門の方へ逃げていく。藤川の逃げ足は速かった。菅井たちとの間はひらくばかりである。

この様子を樹陰から見ていた茂次が、

「平太、やつの跡を尾けるぞ」

と、声をかけた。

「合点で」

平太と茂次は樹陰から出ると、藤川の後を追った。

孫六と三太郎は、樹陰に残っていた。藤川の他に、跡を尾ける者がいるかもしれない。それに、四人もで藤川の跡を尾ける必要はなかったのだ。

藤川は表門の脇のくぐりから通りに出た。いっときして、茂次と平太がくぐりから飛び出した。

菅井は表門の前まで来ると、足をとめた。きよは、そのまま藤川を追って、くぐりから出ようとしたが、菅井が足をとめたため、

「菅井さま、藤川が逃げます！」

と、声をかけた。

「きよ、追わなくてもいい。長屋の者が藤川の跡を尾けている」

菅井が、きよをとめた。

水田は、腹を押さえてうずくまっていた。苦しげな呻き声を上げている。その水田のまわりに、源九郎や小杉たちが集まっていた。

「お、おれを、どうする気だ」

水田は小杉を見上げて訊いた。

「おれの屋敷に連れていく。いろいろ訊きたいことがあるのでな」

小杉は池沢を訊問した納屋に水田を連れていき、訊問するつもりでいた。

「そ、そのようなことは、させぬ。勝手に屋敷に押し入り、このような狼藉が許されるとでも思っているのか」

水田が声を震わせて言った。

「われらは、松崎さまの敵を討つため、屋敷内に入ったのだ。松崎さまを襲って斬った者が、なにゆえ水田どのの屋敷に匿《かくま》われていたのか、そのこともお聞きしなければなりません」

小杉が水田を見すえて強い口調で言うと、

「……………」

水田はがっくりと肩を落とした。

七

茂次と平太は、藤川の跡を尾けていた。

水田の屋敷の表門のくぐりから走り出た藤川は、武家屋敷のつづく道を足早に通り抜け、神田川沿いの通りに出た。

藤川は神田川沿いの道を昌平橋の方へむかって歩いていく。

「やつは、どこへ行くつもりかな」

歩きながら、平太が言った。

「まだ、分からねえ」

茂次はすこし足をゆるめた。前を行く藤川との間は、半町ほどだった。振り返ると、目にとまる恐れがあったからだ。

七ツ半(午後五時)を過ぎているだろうか。陽は西の家並のむこうに沈みかけ、神田川沿いの道は淡い夕陽に染まっていた。

前方に湯島の聖堂が見えてきた。藤川は足早に聖堂の方へむかっていく。

聖堂の前を過ぎると、急に人通りが多くなった。町人地になったせいか、武士より町人の姿が目立つようになった。

しばらく歩くと、昌平橋のたもとに出た。大勢の人が行き交っている。前を行く藤川の姿が人込みに紛れて、見づらくなった。

「平太、間をつめるぞ」

「へい」

茂次と平太は走って藤川との間をつめた。だいぶ近付いたが、藤川に気付かれる恐れはなかった。

藤川は昌平橋のたもとを過ぎると、そのまま神田川沿いの道を東にむかった。茂次たちは、また藤川との距離をとった。急に人通りがすくなくなったからである。

藤川は神田川沿いの道を足早に歩いた。

「やつは、佐久間町の塒《ねぐら》に帰るんじゃァねえのか」

茂次が歩きながら言った。

通りの先には、佐久間町の家並がつづいていた。藤川が住んでいた借家は、佐久間町にある。佐久間町にある藤川の塒をつきとめたのは茂次と孫六だったので、藤川の住処《すみか》のある場所を知っていたのだ。

前方に、神田川にかかる和泉橋が見えてきた。藤川は、和泉橋の手前で左手の路地に入った。その辺りは、佐久間町一丁目である。

「まちげえねえ。やつは、塒に帰るんだ」

茂次が言った。藤川が入った路地の先に、藤川と情婦《いろ》の住む借家があるのだ。

「追うぞ」

「へい」

茂次と平太は、小走りになった。藤川の姿が見えなくなったからである。

路地の角まで来て目をやると、藤川の後ろ姿が見えた。ゆっくりとした歩調で歩いていく。路地沿いには小体《こてい》な店や仕舞屋《しもたや》などがあり、ぽつぽつと人影があった。仕事帰りの職人や遊びから帰る子供などが、迫りくる夕闇に急《せ》かされるように足早に歩いている。

藤川は、路地沿いにあった借家ふうの仕舞屋の前に足をとめた。そして、路地の左右に目をやってから、表戸をあけてなかに入った。

「あれが、やつの塒だ」

茂次が小声で言った。

「家に、だれかいたようですぜ」

「おれんだ。やつの情婦だよ」

茂次と平太は、仕舞屋の近くまで行って足をとめた。

「兄い、どうしやす」

平太が訊いた。

「長屋に帰《けえ》ろう。……なに、藤川はしばらくここに隠れているはずだ。やつは、おれたちにこの塒をつかまれているのを知らねえからな」

茂次がそう言って踵を返した。

平太は茂次の後についてきた。ふたりは、このままはぐれ長屋に帰るつもりだった。

茂次たちが、はぐれ長屋の路地木戸をくぐったとき、辺りは濃い夕闇につつまれていた。長屋はいつもと変わらず騒がしかった。

井戸のところまで行くと、長屋に住むおとよとおまつの姿があった。ふたりは、水汲みにきて顔を合わせたらしい。ふたりの足元に、水の入った手桶が置いてあった。

「おとよ、華町の旦那は帰《けえ》ったかい」

茂次が訊いた。

「帰ったよ。菅井の旦那たちと家にいるようだよ」

おとよが答えた。

茂次と平太は足早に源九郎の家にむかった。腰高障子が明らんでいた。何人もいるらしく、菅井や孫六の声が聞こえた。

「華町の旦那、入《へえ》りやすぜ」

茂次が声をかけて腰高障子をあけた。

座敷に男たちが集まっていた。源九郎、菅井、孫六、三太郎、それに遠藤の姿もあった。

菅井が、入ってきた茂次たちを見るなり、

「どうした、藤川は」

と、訊いた。座敷にいた源九郎たちの視線が、茂次と平太に集まった。どうやら、源九郎たちは茂次たちが帰るのを待っていたようだ。

「やつの逃げた先をつきとめやしたぜ」

そう言って、茂次は座敷に上がって胡座《あぐら》をかいた。平太も茂次の脇に、腰を下ろした。

「どこだ」

すぐに、源九郎が訊いた。

「佐久間町の借家でさァ」

「情婦のところか」

孫六が訊いた。

「そうでさァ。やつは、しばらく塒に身を隠しているにちげえねえ」

「だが、早く手を打った方がいいぞ。水田が捕らえられたことを知れば、姿を消すかもしれん」

源九郎が言うと、菅井がつづいた。

「明日、朝のうちに、きよと山倉が長屋に来ることになっている。どうだ、きよたちが来たら話して、明後日に佐久間町へ行くか」

「それがいいな」

源九郎も、間をおかずに藤川を討った方がいいと思った。

「あっしらで、藤川の塒を見張りやしょう」

茂次が言うと、孫六たちがうなずいた。

第六章　仇を晴らす

一

はぐれ長屋の近くにある空き地に、菅井、源九郎、きよ、それに山倉の姿があった。

源九郎たちが小石川にある水田家の屋敷に踏み込み、水田を捕らえた翌日である。きよと山倉が、長屋に姿を見せると、

「明日、藤川を討つつもりだ」

菅井が、きよと山倉に言った。

「藤川の居所が知れたのですか」

すぐに、きよが訊《き》いた。

「知れた」

菅井が、長屋の茂次と平太が水田家から逃走した藤川の跡を尾《つ》け、藤川が佐久間町の隠れ家に入ったのを見届けたことを話した。

「菅井さま、すぐに藤川を討ちたいのですが」

きよが、身を乗り出すようにして言った。

「いや、明日だ。……今日は、藤川を討つために、どうしてもやっておかねばならぬことがある」

菅井がいつになくけわしい顔をして言った。

「昨日、あのまま藤川と闘っていたら、討たれたのは、きよだったかもしれんぞ」

「……！」

きよの顔がこわばった。

「今日は藤川を倒すために、あらためて稽古をする」

一日だけ稽古したからといって、きよの腕は変わりはしないが、菅井はきよの動きだけでも確認しておこうと思ったのだ。

「はい！」

きよが応えた。

そのとき、きよの脇に立っていた山倉が、

「菅井どの、お願いがあります」

と声をかけ、菅井の前に立った。

「なんだ」

「それがしも、敵討ちの助太刀をしたいのですが」

山倉は、思いつめたような顔をしていた。水田家の屋敷で、きよが藤川と闘ったとき、山倉もくわわっていたが、身を引いて切っ先をむけていただけで、実際には何の働きもしていなかったのだ。

「菅井、山倉にとっても、藤川は主君の敵だ。助太刀させたら、どうだ」

脇にいた源九郎が、口をはさんだ。

「山倉にも頼もう」

菅井は山倉に目をやり、

「敵討ちのおり、山倉は藤川の左手に立ってくれ」

と、指示した。

「左手ですか」

「そうだ。間合は三間ほどだ。……きよと藤川との間合と同じだな」

「分かりました」

山倉の顔がひきしまった。

「きよ、山倉、おれを藤川とみて、立ってみろ」

そう言って、菅井が空き地のなかほどに立った。

きよは、菅井から三間ほどの間合をとって懐剣を構えた。山倉も、きよと同じように三間ほど間合をとり、刀を青眼に構えた。山倉の構えには隙がなかったが、やや腰が高い。稽古のおりの木刀や竹刀でなく、真剣を手にしたため気が高揚しているらしい。

「ゆったりと構えろ」

菅井が山倉に声をかけた。

山倉はけわしい顔をしたままうなずいた。

源九郎は、すこし離れた場所に立って三人に目をむけていた。この場は、菅井にまかせるつもりだった。

「山倉、藤川がきよに居合で斬りつけたら、気合を発して一歩踏み込め。そうすれば、藤川の目は山倉にむけられる。その隙に、きよは藤川の右手にまわり込むのだ」

うまく呼吸が合えば、きよと山倉のふたりだけで藤川を討てるかもしれない、と菅井は思った。

「では、いくぞ」

菅井は居合の抜刀体勢をとったまま摺《す》り足で間合をつめ、抜き付けの間合に踏み込むや否や抜刀の気配を見せた。

スッ、ときよが身を引いた。すばやい動きである。

間髪をいれず、菅井が鋭い気合を発して抜き付けた。刀身の鞘走《さやばし》る音がし、閃《せん》光《こう》が逆袈裟《ぎやくげさ》にはしった。

菅井の切っ先は、きよから一尺ほど離れて空を切った。

刹那、山倉が、イヤアッ！　と裂帛《れつぱく》の気合を発して一歩、踏み込んだ。一瞬、菅井の目が山倉にむけられた。

この隙をついて、きよは菅井の右手にまわった。

「いい動きだ！　きよ、すぐに踏み込んで、藤川を懐剣で突け！　体ごと突き当たるように踏み込んで、脇腹を突くのだ」

菅井が言った。

「は、はい……」

きよは、半歩ほど踏み込んだが、戸惑うような動きだった。実際に、菅井を懐剣で突くことはできないのだ。

「今日は、踏み込むだけでいい」

「はい！」

きよは、さらに踏み込み、菅井の脇腹に懐剣の切っ先をむけたが、突かずに手を引いている。

「それでいい」

菅井は、もう一度、やるぞ、ときよと山倉に声をかけた。

きよと山倉は、ふたたび三間ほどの間合をとって、きよが菅井の正面に、山倉が左手に立った。

菅井は居合の抜刀体勢をとったまま摺り足できよとの間合をつめた。今度は、さきほどより寄り身を速めた。

すかさず、きよは身を引いたが、菅井との間はつまっている。

タアッ！

菅井が鋭い気合を発して抜き付けた。切っ先が、きよの胸元をかすめた。きよは慌てて一歩身を引いた。次の瞬間、山倉が、イヤアッ！という気合とともに、一歩踏み込んだ。素早い動きである。

菅井が抜き付けた刀の切っ先を山倉にむけようとしたとき、きよが菅井の右手にまわり込んだが、すこし遅れた。きよが一歩引いたために間合が遠くなり、わずかに遅れたのである。

「駄目《だめ》だ。一歩、遅れた」

「……」

きよは無言でうなずいた。自分でも、遅れたと感じたようだ。

「もう一度、やるぞ」

菅井はふたたびきよと対峙《たいじ》し、居合の抜刀体勢をとった。

それから、陽が西の空にまわるころまで藤川を討つための稽古をつづけ、きよと山倉の呼吸が合い、きよがうまく菅井の右手にまわり込んだとき、

「いまの動きを忘れるな」

菅井がきよと山倉に声をかけて刀を下ろした。

菅井はこれ以上つづけると、足腰に疲れが残り、かえって体の反応がにぶくなるとみたのだ。

稽古の様子を凝《じっ》とみていた源九郎は、

「きよ、父の敵はかならず討てる。菅井が、そばにいるからな」

と、励ましの声をかけた。

「はい！」

きよがうなずいた。まだ、子供らしさの残っている顔が紅潮し、目が燃えるようにひかっている。

二

翌朝、源九郎、菅井、孫六、三太郎の四人は、朝餉《あさげ》を早目に済ましてはぐれ長屋を後にした。

茂次と平太は、佐久間町にある藤川の住む借家を見張るために、朝暗いうちに長屋を出ていた。

源九郎たちは、大川にかかる両国橋を渡り、柳原通りを西にむかった。そして、神田川にかかる和泉橋を渡った。

渡った先のたもとで、きよ、山倉、それに小杉が待っていた。小杉はきよが敵討ちにでかけることを耳にして駆け付けたらしい。

きよは、水田家の屋敷に踏み込んだときと同じ恰好《かっこう》だったが、今日は菅笠をかぶっていたので、旅人のようにも見える。人目を引かないように笠をかぶったらしい。

「いくぞ」

源九郎が声をかけた。

「こっちでさァ」

孫六が先にたった。孫六も、藤川の住む借家を知っていたのである。

孫六は和泉橋のたもとからすこし西に歩いてから、右手の寂しい路地に入った。路地沿いに小体《こてい》な店や仕舞屋《しもたや》などがあったが、人影はすくなかった。

孫六が路傍に足をとめ、

「そこの下駄屋の斜向《はす》かいにあるのが、やつの塒《ねぐら》でさァ」

と言って、路地沿いにある下駄屋を指差した。

小体な下駄屋の斜向かいに、借家らしい仕舞屋があった。路地に面した古い家である。

「茂次たちは」

源九郎が訊いた。

「あっしが、呼んできやす」

孫六はその場を離れ、藤川の住む借家の脇の笹藪《ささやぶ》の陰にまわった。そこは空き地になっていて、隅に笹藪があったのだ。

茂次と平太を連れてもどってきた。

源九郎は孫六たち三人が近付くと、

「藤川はいるか」

と、念を押すように訊いた。

「いやす。おれんといっしょでさァ」

茂次が言った。おれんは、藤川に囲われている情婦《いろ》である。

「菅井、どうする。家のなかで、闘うわけにはいくまい」

源九郎が言った。

「そうだな。……様子を見てくる。ここで、待っていてくれ」

菅井はそう言い残し、ひとり路地に出ると、藤川の住む借家に近付いて周囲に目をやっていたが、すぐにもどってきた。

「藤川の家の脇に、空き地があるな。あそこに、藤川を引き出せるといいんだが」

菅井が言った。きよ、山倉、菅井の三人で藤川と闘うためには、それだけのひろさが必要だった。家のなかでは、勝負にならない。

「あっしが、引き出しやしょうか」

と、茂次が言った。

「できるか」

「うまくいくかどうか分からねえが、やってみやす」

「よし、茂次に頼もう」

菅井たちは路地に出て、藤川の住む借家に足をむけた。

菅井たちは空き地の隅の笹藪の陰にまわって身を隠し、茂次だけが借家の戸口にむかった。

茂次は借家の戸口に立ち、板戸を軽くたたいた後、

「御免なすって、水田さまの使いできやした」

と声をかけてから、板戸をあけた。

土間の先が、すぐに座敷になっていた。座敷のなかほどに藤川が座し、抜き身を手にして刀身を眺めていた。刀の刃こぼれでも、確かめていたのかもしれない。

「だれだ、おまえは」

藤川が刀を手にしたまま訊いた。

「あっしは、水田さまのお屋敷で下働きをしてた安次《やすじ》といいやす。……旦那、水田さまが屋敷に押し入ったやつらに、連れていかれたのをご存じですかい」

茂次が声を落として言った。茂次は藤川に信用させるために、あえて水田のことを口にしたのだ。安次は、咄嗟《とっさ》に浮かんだ偽名である。

「知っている。……それで、おまえは何しに来たのだ」

藤川は手にした刀を鞘に納めた。

「水田さまが、懇意にしている真鍋《まなべ》さまがお屋敷に見えましてね。どうしても、旦那に頼みたいことがあるから、呼んで来てくれと頼まれたんでさァ」

真鍋という名も、茂次の出まかせだった。

「真鍋なァ」

藤川は首をひねった。聞いたことのない名だったのだろう。

「真鍋さまは、近くまで来てるんでさァ」

「近くにいるのか」

「へい、真鍋さまは、だれにもここに来たことを知られたくないとおっしゃられて、近くで待っておられやす」

茂次がもっともらしく言った。

「会ってみるか」

藤川は腰を上げた。

茂次は路地に出ると、「こっちでさァ」と言って、菅井たちが身をひそめている方へ歩きだした。藤川は茂次の後についてきた。

　藤川が空き地の前まで来たとき、笹藪の陰にいた、きよ、山倉、菅井の三人が走り出た。源九郎たちは、身を隠したままである。

藤川はいきなり飛び出してきた三人の姿を目にし、ギョッとしたような顔をして足をとめ、

「うぬらか！」

と叫んで、身構えた。

茂次は走って藤川から逃げた。

きよが藤川の前に、山倉が左手に立った。菅井はきよの左手後方にまわった。

菅井は、きよと藤川の動きをみて、闘いにくわわるつもりだった。

そのとき、笹藪の陰にいた源九郎と小杉が空き地に出て、大きく間をとって藤

川の前後にまわり込んだ。逃げ道をふさいだのである。

三

「おのれ！　騙《だま》したな」

藤川が憤怒に顔をゆがめて叫んだ。

「騙し討ちではない。おれたちは、うぬが逃げないように手を打っただけだ。一度、水田の屋敷で逃げられているからな」

菅井がそう言うと、

「藤川平十郎、父の敵！」

きよが叫びざま、懐剣を手にした。目がつり上がり、顔がこわばっている。

「山倉俊助、きよどのに助太刀いたす！」

山倉が声を上げ、藤川に切っ先をむけた。

空き地は雑草に覆われていたが、足場は悪くなかった。生えているのは丈の低い草だけで、足をとられる恐れはなかった。

きよは懐剣を手にしたまま、藤川と三間ほどの間合をとって対峙した。これまで、菅井を相手に稽古をつづけてきた間合である。

山倉も稽古のときと同じ三間ほどの間合をとって、青眼に構え、切っ先を藤川にむけていた。その切っ先が、小刻みに震えている。気が昂《たかぶ》っているせいらしい。

「返り討ちにしてくれるわ！」

藤川は左手で刀の鯉口《こいぐち》を切り、右手を柄《つか》に添えて腰を沈めた。居合の抜刀体勢をとったのである。

「かかってこい！」

藤川が、挑発するようにきよに声をかけた。

きよは動かなかった。懐剣を構えたまま睨《にら》むように藤川を見すえている。

菅井はきよの左手後方に立った。藤川との間合を、山倉より大きくとっている。きよと山倉の動きを見て、ふたりが後れをとるとみたら助太刀にくわわるつもりだった。

藤川は菅井の間合が遠いのを見て、きよと山倉に気を集中させている。

「こぬなら、おれの方からいくぞ」

藤川が居合の抜刀体勢をとったまま、摺り足できよとの間合をつめ始めた。ザッ、ザッと藤川の足元で音がした。爪先で雑草を分ける音である。

きよは懐剣を構えたまま、藤川が居合で抜き付ける気配を読み取ろうとしていた。きよは菅井との稽古で、このことだけに集中していたといっても過言ではない。

藤川は間合をつめ、抜き付けの間合に踏み込むと、すぐに抜刀の気配を見せた。

スッ、ときよが身を引いた。一瞬の動きである。

次の瞬間、藤川の全身に抜刀の気がはしり、
タアッ！

裂帛の気合を発して抜き付けた。

閃光が弧を描いてきよの頭上へ走った刹那、藤川の切っ先がきよの胸元をかすめて空を切った。

と、藤川の左手にいた山倉が、イヤアッ！　と鋭い気合を発して一歩踏み込んだ。

一瞬、藤川の視線が山倉に流れ、動きがとまった。

きよは、藤川の動きがとまった瞬間をとらえ、藤川の右手にまわった。そして、一歩踏み込み、「父の敵！」と叫びざま、手にした懐剣を突き出した。俊敏

な動きである。

刹那、藤川は左手に体を倒すようにして懐剣の切っ先をよけようとしたが、間に合わなかった。

ザクッ、と藤川の小袖の脇腹の辺りが裂けた。だが、浅手である。

藤川はすばやい動きで一歩身を引き、刀を八相に構えた。きよに斬りつけようとしている。

菅井は藤川の動きを目にした瞬間、すばやい動きで藤川に迫ると、鋭い気合を発して抜き付けた。

シャッ、という刀身の鞘走る音がし、閃光が逆袈裟にはしった。

ザクッ、と藤川の肩から胸にかけて、小袖が裂け、あらわになった胸に血の線がはしり、ふつふつと血が噴いた。それでも、藤川は身を引いて菅井との間合をとると、刀を鞘に納めた。居合を遣うつもりらしい。

藤川は脇腹と肩から胸にかけての斬撃を浴び、上半身が血塗《ちまみ》れになっていた。

だが、致命傷になるような深手ではない。

「おのれ！　菅井」

藤川が憤怒に顔を染めて叫んだ。目をつり上げ、歯を剝《む》き出している。悪鬼のような形相である。

きよの顔にも藤川の血が飛び、色白の顔を赤い斑《まだら》に染めていた。きよは目を剝き、懐剣を手にしたまま身を顫《ふる》わせている。凄絶《せいぜつ》な斬り合いに、我を失っているようだ。

「きよ、懐剣を構えろ！」

菅井が叫んだ。

「は、はい！」

きよは、懐剣を両手で握り、切っ先を藤川にむけた。だが、体が顫え、その場につっ立っているだけで、斬り込んでいく気配がない。

菅井は藤川と対峙した。すでに、納刀し、菅井も居合の体勢をとっている。居合と居合――。一瞬の迅《はや》さと正確な間合の読みが、勝負を決するはずである。

ふたりの間合は、およそ三間半。まだ、抜刀の間境の外である。

「いくぞ！」

菅井が先《せん》をとった。

爪先で雑草を分けながら、ジリジリと間合を狭めていく。

対する藤川は右手で刀の柄を握り、居合腰に沈めて抜刀体勢をとったまま動きをとめていた。藤川の柄を握りしめた右手が、小刻みに震えていた。藤川は脇腹と胸の傷で気が異様に昂り、体が硬くなっているのだ。

……勝てる！

と、菅井はみた。

真剣勝負のおりに緊張や恐怖で気が昂り過ぎると、体が硬くなって反応を鈍くし、一瞬の判断を狂わす。居合は、一刹那《いっせつな》の動きが勝負を決するといっていい。居合で敵と対峙したとき、興奮して我を失うと威力は半減する。

菅井と藤川との間合が、しだいに狭まってきた。間合がつまるにしたがって、ふたりの全身に抜刀の気が高まってきた。

菅井が居合の抜刀の間合に踏み込むや否や、ふたりの全身に抜刀の気がはしった。

トオッ！

タアッ！

ふたりは、ほぼ同時に気合を発して抜刀したかに見えた。だが、一瞬、菅井の方が迅かった。藤川の体が硬かったため、わずかに反応が遅れたのである。

菅井の切っ先が逆袈裟にはしり、抜きかけた藤川の右腕をとらえた。藤川は右腕を斬られながらも抜刀して刀身を振り上げたが、袈裟に斬り下ろすことができず、力なく前に落ちてしまった。

「いまだ！　きよ、藤川を討て」

菅井が叫んだ。

きよは藤川の右手に懐剣を手にして立っていたが、菅井の鋭い声で弾かれたように踏み込み、

「父の敵！」

叫びざま、藤川に体を寄せて懐剣を突き出した。

きよの懐剣が、藤川の脇腹に深く刺さった。

藤川は、グッ、と喉のつまったような呻《うめ》き声を上げ、身をのけ反《ぞ》らせた。藤川は何とかきよから離れようとしたが、足は動かなかった。苦痛にゆがんだ顔がきよにむけられただけである。

きよは藤川に体を密着させたまま動かなかった。藤川の脇腹に深く刺さった懐剣を必死で握りしめている。藤川の脇腹から噴き出した血が、懐剣からきよの手につたい、袖口まで赤く染めていく。

グラッ、と藤川の体が揺れた。藤川は呻き声を上げ、きよを突き飛ばそうとして血塗れの右手を上げたが、その手が力なく落ち、同時に腰からくずれるように転倒した。

藤川は叢《くさむら》の上に伏臥《ふくが》し、何とか身を起こそうとして首を擡《もた》げた。だが、いっときすると藤川の首が落ちて、ぐったりとなった。絶命したらしい。藤川の腕や脇腹から流れ出た血が、葉叢《はむら》を赤く染めている。

きよは血に染まった懐剣を手にしたまま藤川の脇に立ち、蒼《あお》ざめた顔をして身を顫わせていた。

そこへ、菅井と山倉がきよに身を寄せ、

「きよ、見事、父の恨みを晴らすことができたな」

菅井が、声をかけた。いつになく、やさしい声である。

「は、はい……。これもみな、菅井さまや長屋のみなさんのお蔭です」

きよが声を震わせて言った。

きよの目から涙が溢《あふ》れ、頬をつたって流れた。その顔は、まだ少女のようだった。父の敵を討ったことで、十二歳の娘の顔にもどったようだ。

四

その日、源九郎と菅井は、将棋を指していた。朝方、雨だったので、さっそく菅井は将棋盤と握りめしの入った飯櫃《めしびつ》を持って源九郎の家にやってきたのだ。

四ツ（午前十時）ごろだった。しばらく前に雨は上がっていたが、源九郎たちはまだ将棋を指していた。いつもそうである。将棋を始めると、菅井はなかなかやめないのだ。両国広小路に居合抜きの見世物に出る気も失《う》せてしまうらしい。

「きよと山倉は、どうしているかな」

源九郎が将棋盤に目をやりながら言った。

「さァ、どうしているか」

菅井は他人事《ひとごと》のように言い、手にした金を源九郎の王の前に打つと、「王手だ！……そろそろつみそうだな」と言ってニヤリとした。

「うむ……」

菅井の言うとおりだった。形勢は、大きく菅井にかたむいていた。あと、七、八手でつむのではあるまいか。

この勝負は、二局目だった。最初の勝負は源九郎が勝ったこともあり、源九郎はすこし手を抜いて指していたのだ。

「仕方がない。王を逃がすか」

源九郎は王を引いた。

「では、角をいただいておくかな」

菅井が、嬉しそうな顔をして角をとった。

そのとき、戸口に近寄る何人もの足音がした。足音は腰高障子のむこうでとまり、

「旦那、いやすか」

と、孫六の声がした。

「いるぞ」

源九郎が声をかけると、腰高障子があいた。

入ってきたのは、孫六と小杉、遠藤の三人だった。

「井戸端で、おふたりと顔を合わせやしてね。ここに、案内したんでさァ。朝方、雨が降ってやしたからね。旦那たちは、ここにいるとみたんで」

孫六はそう言うと、

「さァ、遠慮なく、上がってくだせえ」

と、小杉たちに声をかけた。

源九郎は腹の内で、「わしの家なのに、自分の家と思っておる」とつぶやいたが、何も言わなかった。

「将棋か」

小杉がそう言って、座敷に上がってきた。

遠藤と孫六も上がってきて、将棋盤を覗《のぞ》いた。

「菅井どのが、押しているようだな」

小杉が将棋盤を覗きながら言った。どうやら、小杉も将棋を指すようだ。

「まァな」

菅井が、「あと、十手ほどかな」とつぶやいて、またニヤリとした。

「分かった。この勝負は、おれの負けだ」

源九郎は、そう言って手にした駒を将棋盤の上に置いた。

「どうだ、もう一局」

菅井が上目遣いに源九郎を見て訊いた。

「菅井、小杉どのたちは、将棋を見物に来たのではないぞ。わしらに、話があってきたのだ」

源九郎がそう言うと、

「しかたない。将棋は後にするか」

菅井は、将棋盤を脇に引いた。

「小杉どの、何か動きがあったのか」

源九郎が訊いた。水田を捕らえて、半月ほど過ぎていた。小杉たちは水田の訊《じん》問《もん》を終えたのではあるまいか。

「だいぶ、様子が知れたよ。これまでのことを華町どのたちにも、知らせておこうと思ってな」

小杉がそう切り出し、まず、水田と山岸屋とのかかわりを話し、

「やはり、山岸屋は幕府に納めるお仕着せや呉服などを何か理由をつけて割高にし、多額の金を浮かせていたようだ」

と、言い添えた。

「その金の多くが、水田に渡されていたのだな」

源九郎が訊いた。

「そうなのだ」

「水田は、自白したのか」

「当初は、身に覚えはないと言って、かたくなに口をつぐんでいたがな。番頭の甚蔵が口を割り、水田と山岸屋のかかわりを探っていた松崎さままで手にかけたことが、原山や池沢の証言ではっきりすると、観念してしゃべるようになったのだ」

小杉によると、水田は原山と池沢の口上書《こうじょうが》きを見て言い逃れできないと思い、観念したらしいという。

「水田は、その金を何に使ったのだ」

源九郎は、水田が遊興のために使ったとは思えなかった。

「金の大半は、御納戸頭の赤塚宗兵衛に渡されたらしい」

赤塚は水田の直接の上役だった。

小杉は御納戸頭の赤塚を呼び捨てにした。赤塚が、此度《こたび》の件の黒幕とみたからであろう。

「すると、水田は赤塚の指図で、山岸屋と結託して不正な金を手にしていたのか」

源九郎が訊いた。

「赤塚が水田に直接指図していたかどうかまだはっきりしないが、水田がどうやって金を手にしていたのか承知で、水田から金を受け取っていたのはまちがいない」

小杉の顔には、怒りの色があった。赤塚は御納戸頭という要職にありながら、商家と結託して大金を得ていたことが許せなかったのだろう。

「ところで、赤塚はその金を何につかっていたのだ」

源九郎は、水田について訊いたことを繰り返した。

「赤塚は、己の出世のために賄賂《まいない》として何人かの幕閣に渡していたらしい」

「出世のためにな」

「そうだ。赤塚は、御小納戸頭取の座を狙っていたようだ」

赤塚はいま御納戸頭の身で、役高は七百石だが、御小納戸頭取は千五百石だった。役高からみても大変な出世である。

「よく分かったたな」

源九郎は、小杉が御納戸頭の赤塚を直接調べることはできないだろうとみた。

「これは、御目付の近藤さまから話があったのだ」

小杉が近藤に聞いた話によると、近藤に、赤塚に不正があるのではないかと話した幕閣が、あたらめて赤塚が御小納戸頭取の座を狙っているらしい、と打ち明けたのだという。近藤は、その幕閣の名は口にしなかったそうだ。

「それで、赤塚はどうなるのだ」

源九郎は訊いた。

「まだ、分からないが、赤塚は病を理由に登城してないそうだよ。近藤さまの話では、赤塚は御納戸頭の座を失い、減石の沙汰《さた》があるのではないかと口にされたが、まだ先のことだな」

「水田は、どうなる」

源九郎は水田の処罰も気になっていた。

「水田は罪が重い。松崎さまの暗殺まで指図したのだからな。……まだ、何ともいえないが、切腹ということになるかもしれん」

小杉の顔がけわしくなった。

「切腹か」

源九郎がつぶやくような声で言った。

いっとき、座敷は重苦しい沈黙につつまれていたが、

「いずれにしろ、これで始末がついたのだ」

菅井が声を大きくして言った。そして、小杉にチラッと目をやり、

「どうだ。……小杉どの、一局」

と小声で誘った。

「いま、将棋を指す気にはなれんな」

小杉がそう言ったとき、また、戸口に何人かの足音がし、

「菅井の旦那、ここですかい」

と、茂次の声がした。

「ここだ。よく分かったな」

菅井が応えた。

「きよさまが、おいでですぜ」

茂次がそう言って、腰高障子をあけた。

茂次につづいて、きよと山倉、それに上林が入ってきた。きよは長屋に通っていたときと違って、華やいだ花柄の小袖に赤い格子縞《こうしじま》の帯をしめていた。

これまできつい顔をしていることの多かったきよだが、今日はおだやかな顔で、娘らしい淑《しと》やかさも感じられた。

茂次や上林につづいて、座敷に座したきよは、

「菅井さま、華町さま、お蔭で父の敵を討つことができました。この御恩は終生

忘れません」

そう言って両手を畳に突き、深々と頭を下げると、脇に座していた山倉もいっしょに低頭した。

どうやら、きよたちはあらためて礼を言うために来たらしい。

「い、いや、おれは、稽古の相手をしただけだ。きよどのの父の敵を討ちたいという一念が、天に通じたのだ」

菅井が声をつまらせて言った。これまで、菅井はきよと呼び捨てにしていたが、今日はきよどのと呼んだ。剣術の弟子ではなく、松崎家の娘としてみたからであろう。

「菅井どのや華町どのにどれほど尽力していただいたか、きよさまと山倉から話を聞きました。それがしからも、お礼を申し上げます」

上林も、きよにつづいて深々と頭を下げた。

きよたちの挨拶が終わると、

「それがしたちは、また日をあらためてうかがおう」

小杉が、そう言って腰を上げた。座敷が狭いこともあって、小杉は出直す気になったようだ。

小杉が遠藤とともに戸口から出ていった後、半刻（一時間）ほど、源九郎たちときよたちは、空き地での稽古のことや屋敷へもどってからのことなどを話した。そして、話が一段落したとき、上林が、

「長屋のみなさんには、大変お世話になりました。これは、松崎家からのお礼でございます」

そう言って、懐から袱紗《ふくさ》包みを出して源九郎の膝先に置いた。助太刀を依頼したときと同じように、五十両つつんでありそうだった。松崎家では、きよや山倉から話を聞いて、菅井だけでなく茂次や孫六たちの尽力に対しても礼をしたかったにちがいない。

「いただいておく」

源九郎は、この金は、また六人で均等に分けよう、と思った。源九郎はむろんのこと、菅井や茂次たちも長い間、仕事から離れていたので懐は寂しくなっているはずである。

上林につづいて、きよと山倉が腰を上げた。

きよは戸口まで送りに出た菅井に身を寄せ、

「菅井さま、今度は居合を教えてください」

そう言って、菅井にもう一度頭を下げてから路地木戸の方へ足をむけた。

源九郎たちは戸口に立って、きよたちを見送った。三人の姿が、井戸端の近くで見えなくなると、

「華町、やるぞ」

菅井が声を上げた。

「なにをやるのだ」

「決まってるだろう。将棋だよ、将棋」

「菅井、茂次がな、菅井に将棋を教えてもらいたいと言ってたぞ」

源九郎が茂次に目をやって言った。源九郎は将棋を指す気が失せていたので、茂次に代わってもらいたかったのだ。

「だ、だめだ。今日は忙しくて、将棋どころじゃァねえ」

そう言い残し、その場から逃げるように走り去った。

「あいつめ、おれから逃げたな」

菅井は渋い顔をして、茂次の後ろ姿を見送っている。

……しかたない。あと、一局だけ付き合ってやるか。

源九郎は胸の内でつぶやき、菅井の肩をたたいていっしょに家に入った。

双葉文庫
と-12-49

はぐれ長屋《ながや》の用心棒《ようじんぼう》
仇討《あだう》ち居合《いあい》

2016年12月18日　第1刷発行

【著者】
鳥羽亮《とばりょう》

【発行者】
稲垣潔
【発行所】
株式会社双葉社
〒162-8540 東京都新宿区東五軒町3番28号
［電話］03-5261-4818（営業）　03-5261-4833（編集）
www.futabasha.co.jp
（双葉社の書籍・コミックが買えます）
【印刷所】
慶昌堂印刷株式会社
【製本所】
株式会社若林製本工場

【表紙・扉絵】南伸坊
【フォーマット・デザイン】日下潤一
【フォーマットデジタル印字】飯塚隆士

ISBN978-4-575-66806-3 C0193
Printed in Japan

金子成人
若旦那道中双六《すごろく》【一】
てやんでぇ！
長編時代小説
〈書き下ろし〉
厳しい祖父に命じられ東海道をいざ西へ。お気楽若旦那が繰り広げる笑いと涙の珍道中！ 時代劇の大物脚本家が贈る期待の新シリーズ!!

北沢秋
哄《わら》う合戦屋《かっせんや》
長編戦国
エンターテインメント
天文十八年、武田と長尾に挟まれた中信濃の名もなき城に、不幸なまでの才を持つ合戦屋がいた……。全国の書店員が絶賛した戦国小説！

北沢秋
奔《はし》る合戦屋《かっせんや》（上・下）
長編戦国
エンターテインメント
中信濃の豪将・村上義清の下で台頭する石堂一徹。いかにして孤高の合戦屋は生まれたのか。話題のベストセラー戦国小説第二弾！

北沢秋
翔《かけ》る合戦屋《かっせんや》
長編戦国
エンターテインメント
甲斐の武田晴信と信濃勢の最後の戦いの火蓋が切って落とされた。その時、石堂一徹は!? 話題の大人気シリーズ、ついに完結！

経《きょう》塚《づか》丸《まる》雄《お》
旗本金融道（一）
銭が情けの新次郎
長編時代小説
〈書き下ろし〉
母の実家の家督を継ぐことになった無学単細胞の新次郎。ところが、そこは利殖と吝嗇の武士道を庭訓とする家だった。注目の新シリーズ！

経《きょう》塚《づか》丸《まる》雄《お》
旗本金融道（二）
銭が仇の新次郎
長編時代小説
〈書き下ろし〉
金貸しの主となった榊原新次郎。実家とも断絶状態になるが、そんな折、父から珍しく呼び出され、思わぬ依頼を受ける。シリーズ第二弾！

経《きょう》塚《づか》丸《まる》雄《お》
旗本金融道（三）
馬鹿と情けの新次郎
長編時代小説
〈書き下ろし〉
お松との縁組が進まない新次郎に、大目付から婿入りの要請が来る。心揺れる中、榊原家でさらなる騒動が起こる。人気シリーズ第三弾！